Deseo™

Un millonario despiadado

YVONNE LINDSAY

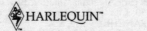

HARLEQUIN™

Editado por HARLEQUIN IBÉRICA, S.A.
Núñez de Balboa, 56
28001 Madrid

© 2009 Dolce Vita Trust. Todos los derechos reservados.
UN MILLONARIO DESPIADADO, N.º 1740 - 1.9.10
Título original: Defiant Mistress, Ruthless Millionaire
Publicada originalmente por Silhouette® Books.

Todos los derechos están reservados incluidos los de reproducción,
total o parcial. Esta edición ha sido publicada con permiso de
Harlequin Enterprises II BV.
Todos los personajes de este libro son ficticios. Cualquier parecido
con alguna persona, viva o muerta, es pura coincidencia.
® Harlequin, Harlequin Deseo y logotipo Harlequin son marcas
registradas por Harlequin Books S.A.
® y ™ son marcas registradas por Harlequin Enterprises Limited y
sus filiales, utilizadas con licencia. Las marcas que lleven ® están
registradas en la Oficina Española de Patentes y Marcas y en otros
países.

I.S.B.N.: 978-84-671-8645-1
Depósito legal: B-30054-2010
Editor responsable: Luis Pugni
Preimpresión y fotomecánica: M.T. Color & Diseño, S.L.
C/ Colquide, 6 portal 2 - 3º H. 28230 Las Rozas (Madrid)
Impresión y encuadernación: LITOGRAFÍA ROSÉS, S.A.
C/ Energía, 11. 08850 Gavá (Barcelona)
Fecha impresion para Argentina: 28.2.11
Distribuidor exclusivo para España: LOGISTA
Distribuidor para México: CODIPLYRSA
Distribuidores para Argentina: interior, BERTRAN, S.A.C. Vélez
Sársfield, 1950. Cap. Fed./ Buenos Aires y Gran Buenos Aires,
VACCARO SÁNCHEZ y Cía, S.A.
Distribuidor para Chile: DISTRIBUIDORA ALFA, S.A.

Capítulo Uno

–No me siento cómoda con esto, Irene.

En cuanto las palabras salieron de su boca, Callie se dio cuenta de que se había equivocado. Un cambio inapreciable en el gesto de Irene fue todo lo que vio. Un cambio casi imperceptible, pero lo suficiente para ser consciente del disgusto de su jefa, disgusto que normalmente hacía huir a ocultarse a la mayoría del personal de Palmer Enterprises.

–¿Por qué, Callie?

–Bueno –dudó un momento–. ¿Es legal? Seguro que quiere que firme un acuerdo de confidencialidad.

–¿Y eso te preocupa? –replicó Irene–. Como una de nuestras empleadas mejor valoradas, deberías saber que nos ocuparemos de ti si hubiera algún problema.

El énfasis en la palabra «valoradas» hizo que un escalofrío le recorriera la espalda. Se lo debía todo a los Palmer, en especial a Irene Palmer. Sin ella no tendría nada: ni educación, ni empleo ni dónde vivir; ni siquiera los zapatos de diseño que llevaba.

–Todo esto va a nuestro favor –interrumpió Irene sus pensamientos.

–¿Qué quieres decir?

Callie miró a su jefa y mentora, la primera persona adulta que le había dado esperanzas. La mujer que le había hecho creer que podía hacer con su vida algo mejor que desaparecer en una alcantarilla víctima de las drogas y el crimen.

Sólo que nadie le había dicho nunca que asociado a eso iría una deuda que tendría que pagar. Después de doce años, empezaba a preguntarse cuándo sería suficiente.

–Evidentemente, en cualquier otro momento echaría de menos tenerte aquí como asistente, pero el cargo de cónsul honorario de Guildaria se anunciará en Navidad. Eso, qué son... ¿nueve semanas?

Callie asintió sin dejar de mirar a Irene.

–¿No lo ves, Callie? Es la oportunidad perfecta. Todo el mundo sabe que eres mi asistente y toda Nueva Zelanda sabe que el anuncio del nombramiento de Bruce es cuestión de tiempo. Y aunque está perfectamente documentado lo leal que me eres, cuando Bruce y yo nos mudemos a Guildaria, tendrás que buscarte otro empleo –agitó una mano con una perfecta manicura al ver que Callie se quedaba sin aliento–. Sí, sé que esperabas dirigir el equipo de nuevos desarrollos, pero si no identificamos al topo de Tremont, y no cortamos de raíz el sabotaje de nuestra empresa, no habrá un equipo de desarrollos especiales que puedas dirigir, porque en dos años no habrá Palmer Enterprises –se inclinó hacia delante y en sus ojos brillaron las lágrimas–. Haré lo que sea necesario para proteger esta empresa y tú vas a ayudarme. Es la situación ideal para que se te vea buscando otra cosa.

Callie sintió que se mareaba. Sabía que las actividades de Josh Tremont habían afectado a los Palmer, pero no que podían llegar a acabar con su negocio en un par de años. Las cosas estaban peor de lo que pensaba.

–¿Así que se supone que tengo que ir allí y espiarle? –trató de mantener el control en la voz.

–Bueno, lejos de mí sugerir algo así –parpadeó para contener las lágrimas y sonrió.

Nadie que la mirara pensaría que tenía sesenta y cinco años. Tenía la clase de elegante belleza por la que no pasaba el tiempo, intemporal, aunque había alrededor de ella un aire que no invitaba a las confidencias. No mucha gente era cercana a Irene. Callie era una de esas pocas personas elegidas.

–Claro que no.

La sonrisa de Callie que acompañó a su respuesta era igualmente carente de humor. Irene jamás se rebajaría a dar semejante orden, pero las implicaciones estaban claras.

–Querida, sabes lo agradecidos que te estaremos –dijo con una elegante inclinación de cabeza–. Esencialmente, tú seguirás trabajando para nosotros, sólo... que de un modo distinto. Eso es todo. Sabes que no soy dada a dramatizar las cosas, pero ahora mismo eres nuestra única esperanza.

De pronto, llena de energía fruto de los nervios, Callie empujó la silla, se puso de pie y paseó por la alfombra.

–Ni siquiera sabemos si me va a ofrecer un trabajo –espetó–. Sólo me ha pedido que coma con él.

–No seas ingenua, Callie. Te he enseñado bien. Claro que va a ofrecerte un puesto. Así es como funciona. Ha invitado primero a comer a todas las personas hoy claves de su equipo que nos ha quitado.

–¿De verdad se cree que sólo tiene que chasquear los dedos y todo el mundo hará su voluntad?

–Por desgracia, querida, suele ser así –observó irónica Irene recostándose en el sillón de cuero.

–Bueno, pues yo no.

–Eso hace todo esto más convincente. Seguro que no hace falta que te diga lo difíciles que están las cosas en el mercado. Está complicado encontrar un empleo. Y con tu puesto en una situación inestable... Nadie te reprochará abandonar un barco que se hunde. Además, no me negarás que Tremont tiene un cierto magnetismo.

Callie se dejó caer en la butaca de cuero situada frente a la mesa de Irene y suspiró. Magnetismo. Por lo que había oído, Josh Tremont lo tenía a espuertas. Pero eso no significaba que quisiera trabajar para él.

–¿Qué pasa si después de conocerme no me quiere? Irene se echó a reír.

–Oh, Callie, te subestimas. Ese hombre ya te quiere.

Algo en la voz de Irene hizo que se pusiera rígida. ¿Hasta dónde esperaba que llegara en esa misión? O mejor, ¿hasta dónde podía ir por su futuro y el de los Palmer?

Dos días después, Callie rugió de frustración agarrada al volante de su coche. Un Maserati negro acababa de quitarle la última plaza que había frente al restaurante. Tendría que buscar aparcamiento más lejos y llegaría tarde.

Odiaba llegar tarde casi más que aborrecía la razón de esa reunión.

Sentía un nudo en el estómago al recordar lo que había accedido a hacer. Irene le había recomendado no parecer demasiado ansiosa inicialmente. Eso no sería ningún problema. No respetaba a ese hombre.

Sólo esperaba poder pronunciar la palabra «sí» cuando su instinto le gritase lo contrario.

Se recordó las expectativas que tenía Irene y por qué había accedido a hacer eso, pero poco le sirvió para aplacar la ira que sentía burbujear dentro.

Alimentó las llamas recordando los insidiosos métodos con que Josh Tremont había socavado la estructura de Palmer Enterprises. En los cinco años anteriores, había cazado a varios cargos claves de la empresa, incluso se había ofrecido a pagar las cláusulas de rescisión de sus contratos. Cuando eso no había funcionado, con los dos últimos ejecutivos a los que había echado el anzuelo, simplemente les había pagado para que el período de tiempo que no podían trabajar para la competencia lo pasaran ostensiblemente de vacaciones sabiendo que su pérdida era un perjuicio para los Palmer.

En ese momento, había puesto su objetivo sobre ella.

Cuando encontró un sitio para aparcar a tres manzanas del restaurante, la cabeza le echaba humo. Caminó con paso decidido e ignoró los silbidos de una obra cercana.

Se había vestido informal a propósito, con unos pantalones rectos de color marrón y naranja y una blusa de manga larga de color marrón con rayas blancas. Daba lo mismo que la ropa le hubiera costado más de lo que jamás habría soñado con ganar en una semana. Esa ropa no era la que se habría puesto para tratar de impresionar a un futuro empleador del calibre de Tremont.

Hasta esa semana no había estado muy segura de cómo plantear esa entrevista, pero al elegir la ropa había adquirido un compromiso personal. No quería parecer demasiado entusiasta, y eso no le resultaría muy difícil, pero tampoco quería parecer demasiado reacia. Un equilibrio entre ambos extremos le parecía lo mejor.

El viento húmedo de la primavera de Auckland había empezado a hacer estragos en su pelo. Los mechones que estratégicamente había dejado fuera de la coleta para que suavizaran el perfil de su rostro empezaban a rizarse. No era ésa la imagen que quería dar, pero más allá de pasar primero por el tocador, poco podía hacer.

Finalmente llegó al toldo verde que anunciaba la entrada del restaurante. Era uno de los más tradicionales y mejores de Auckland, no esperaba menos de Josh Tremont. Un hombre como él recurría siempre a lo mejor y no temía pagar por ello. Supuso que debería sentirse halagada porque le hubiera pedido reunirse allí con él. Evidentemente, pensaba que su marcha de la empresa de los Palmer supondría un gran problema para ellos.

Callie se detuvo en la puerta. Su reflejo en el cristal le dijo que, al margen de los recalcitrantes mechones rizados y el ligero brillo de la nariz y las mejillas por la caminata, estaba bien. Respiró hondo y apretó la delgada cartera que llevaba bajo el brazo.

La súbita oscuridad de la entrada le obligó a subirse las gafas de sol para poder recorrer con la mirada el comedor.

–¿Puedo ayudarla en algo, señora?

Callie dedicó una sonrisa al maître. Dudó que hubiera sido tan amable si hubiera sabido que doce años antes cenaba con lo que tiraban en la cocina de ese restaurante y otros similares, pero en esos sitios lo único importante eran las apariencias. Puso un gesto de calma condescendiente y dijo:

–Tengo una reunión con el señor Tremont.

–Ah, sí, debe de ser la señorita Lee. Por favor, acompáñeme, el señor Tremont la espera.

Que llegaba tarde y que el señor Tremont no estaba acostumbrado a esperar, quedó meridianamente claro con la mirada que le dedicó. Callie siguió al estirado maître a través del comedor casi lleno hasta un reservado, cerca del fondo. Sintió un fuerte deseo de sacar la lengua a la espalda del maître, pero a los veintiocho años había aprendido que era mejor no ceder a impulsos que sólo eran fuente de problemas.

–La señorita Lee, señor.

Había visto fotografías de Josh Tremont en las revistas, pero no estaba preparada para la electrificante sensación de ser taladrada por el azul eléctrico de sus ojos cuando levantó la vista de su PDA. Sintió en el vientre una vibración de algo que se negó a llamar atracción.

–Señor Tremont –dijo tomando la iniciativa y tendiéndole la mano.

Josh Tremont descruzó las piernas y dejó la PDA en el mantel antes de ponerse de pie y estrechar su mano. El corazón se le paró un instante cuando sus largos dedos rodearon los suyos y pensó de un modo irracional cómo sería sentir esa mano en otras partes del cuerpo. Fuerte, cálida... otro estremecimiento recorrió su cuerpo.

No le sorprendía que ese hombre saliera en los periódicos. Su atractivo era sobrecogedor y, se dio cuenta, aún no había dicho ni una palabra.

Soltó su mano y le hizo un gesto para que se sentara frente a él. Esperó a que ella se sentara con ayuda del maître para hacer él lo mismo. El traje gris oscuro que llevaba, combinado con una camisa y corbata negras, se correspondía con un aspecto de fuera de la ley. Y aunque sólo era la una de la tarde, empezaba a asomar una sombra en sus mejillas, lo justo para hacer que no pareciera demasiado arreglado un hombre que tenía un lugar de honor entre los más ricos de Nueva Zelanda.

–Me alegro de que hayas podido hacerlo, Callie Rose.

Callie se puso rígida al notar su voz como una caricia de terciopelo caliente.

–Sólo la gente muy cercana me llama Callie Rose –dijo firme, decidida a marcar una línea lo antes posible–. Puedes llamarme Callie o, si lo prefieres, señorita Lee.

La lenta sonrisa que llenó el rostro de él fue hipnotizadora. Sus ojos brillaron antes de que inclinara la cabeza ligeramente.

–Callie –sonrió abiertamente mostrando al completo la fuerza de su carisma–. ¿Puedo ofrecerte algo de beber?

–Agua fría, gracias.

Mantuvo un gesto serio, con una expresión de educado desinterés. No sonreiría, no.

Ese hombre no tenía escrúpulos y era muy inteligente. Con cada negocio que cerraba con éxito amenazaba un poco más a Palmer Enterprises. Tendría que hacer un gran esfuerzo para hacerle creer que podía utilizarla como el último escalón para usurpar la posición de los Palmer.

Pidió las bebidas. Sorprendentemente, pidió lo mismo para él.

–No hace falta que bebas agua porque yo lo haga –dijo ella.

–No te preocupes, no hago nada sólo para que los demás se sientan más cómodos –respondió atravesándola con la mirada–. A menos que sea absolutamente necesario, por supuesto.

La bajada de una octava que hizo con la voz al final de la frase hizo que se estremeciera entera. No le costó nada imaginarse esa situación absolutamente necesaria. Una imagen de piel desnuda contra piel desnuda, de una caricia de una mano suave, de piernas enredadas, le pasó por la mente. Sintió el calor dentro de ella, un calor que le bajó a las extremidades inferiores y que le hizo desear moverse en el sitio. En lugar de eso, echó mano del vaso de agua que ya le habían llevado y bebió un largo trago.

–¿Tienes sed?

Había un punto de humor en la voz de Tremont que resultaba un poco irritante.

–Sí –respondió–. He tenido que caminar un poco para llegar hasta aquí y hace calor.

–Oh, ¿no había sitio para aparcar?

–No. Alguien en un sobrevalorado trasto con ruedas me ha quitado el último –algo le dijo que tuviera precaución, pero ya era demasiado tarde. Suspiró–. Eras tú, ¿no?

–Culpable –juntó las manos en un gesto de rendición–. Pero si hubiera sabido que te lo quitaba a ti, te lo habría dejado.

–No pasa nada. No me asusta un poco de ejercicio.

No había pretendido que sus palabras fueran una invitación a que le echara un vistazo, pero así lo hizo él. Su mirada pasó de los hombros a los pechos y después a donde sus piernas se cruzaban a un lado de la mesa.

–No –dijo con suavidad–. Seguro que no. Pero aun así, sentiría que se hubieran estropeado esas preciosas sandalias que llevas. Manolos, ¿verdad? Te llevaré a tu coche después de la comida. Interprétalo como una expiación.

–No será necesario.

Le sorprendió que reconociera la marca de sus zapatos. Los zapatos eran su gran debilidad y, considerando los años que había pasado descalza o calzada con zapatos hurtados de tiendas de segunda mano, era un milagro que sus pies entrasen en semejante extravagante esplendor.

–Ya –respondió enigmático–. Seguro que tu tiempo es precioso. ¿Por qué no eliges lo que quieres comer y vamos a los negocios?

Cuando estuvo lista, llamó al camarero. Pidió una ensalada César y él un salmón al vapor con espárragos.

–Dime, Callie, ¿cuánto hace que trabajas para los Palmer?

Tremont se recostó en su asiento y apoyó un brazo en el respaldo en un movimiento claramente pensado para incitar a la confidencia. Su mirada, sin embargo, no era tan relajada como su gesto. Callie detectó que analizaba su lenguaje corporal mientras esperaba su respuesta. Finalmente se permitió sonreír, apoyó los codos en la mesa y entrelazó las manos. «Que sepa lo que quiere», pensó.

–Desde que acabé mis estudios de comunicación –respondió sin ser muy precisa deliberadamente.

Tremont asintió antes de volver a hablar.

–Creo que acabaste la maestría con matrícula de honor... que no es poca hazaña.

Trató de que no se le notara la sorpresa. Esa respuesta indicaba que sabía cuándo había ido a la universidad. Estaba jugando con ella. No era más que lo que había esperado, se recordó, y estaba preparada.

–Así es –dijo cauta–. Pero dado que eso ya lo sabes, ¿por qué no me preguntas algo que no sepas?

Una llamarada azul brilló en sus ojos antes de pasarse una mano por la mandíbula.

–¿Qué me va a costar convencerte, Callie?

–¿Convencerme? Creo que tienes que ser más claro.

–Ya. Sé que eres una mujer inteligente y sé que estás al corriente del éxodo de personal desde Palmer Enterprises a Tremont Corporation.

Callie asintió y tardó un momento en hablar para controlar la ira que le hervía dentro.

–Yo no lo llamaría éxodo –dijo con los labios apretados–. Algunos aún seguimos siendo leales.

–Ah –sonrió–. ¿Eso quiere decir que tu devoción es inquebrantable?

–¿Crees que eso es un problema? –se apoyó en el respaldo y cruzó los brazos olvidando su análisis del lenguaje corporal–. Deberías preocuparte más por la lealtad de la gente que puedes comprar.

Tremont alzó las cejas de un modo casi imperceptible. Ése era el auténtico Josh Tremont, se dijo. Ése era el hombre que a sangre fría había comprado información sobre Palmer Enterprises y la había utilizado para rebajar sus ofertas a los clientes y así, poco a poco, año a año, acabar con la competencia.

–Buena observación –reconoció él. El camarero lle-

13

gó con los platos–. ¿Dejamos este tema para después de la comida? No quisiera que perdieras el apetito.

–Haría falta mucho más que una conversación para que perdiera el apetito –dijo ella con una carcajada.

–Me alegro de oír eso –le devolvió una sonrisa–. Me gustan las mujeres que tienen buen apetito.

Callie se quedó paralizada con el tenedor de camino a la boca. No le quedó ninguna duda de a qué apetito se refería. De nuevo una imagen brilló delante de sus ojos, esa vez era su propia piel la que él tocaba. Y, como si hubiera alargado una mano y hubiera acariciado su hombro y después seguido hacia abajo, sintió que sus pechos se hinchaban y los pezones se erguían contra la fina tela del sujetador.

Se sintió aliviada cuando él llevó la conversación hacia otros temas más generales y se sorprendió al disfrutar de su afilado ingenio y de sus amplias opiniones sobre una gran variedad de temas.

Cuando el camarero retiró los platos y sirvió dos cafés, Callie empezó a relajarse. Se llevó el café con chocolate a los labios y notó en la punta de la lengua el delicioso sabor, sin embargo, las siguientes palabras de Tremont la llevaron de vuelta a los negocios.

–Te quiero, Callie, y pagaré lo que sea necesario para conseguirte.

Ahí lo tenía. La oferta que había temido, pero que tenía que aceptar. Recordó su discusión con Irene esa misma semana. «Mantén la cabeza fría», se dijo.

–Ya tengo un trabajo. Uno que me encanta. Con gente a la que respeto.

Para su sorpresa, Josh Tremont soltó una carcajada tal, que algunos comensales se volvieron a mirarlos.

–Eres muy buena, Callie. Muy buena. No hay mucha gente que me ponga en mi sitio con tanta educación. Vamos, dame un precio.

Callie bebió un sorbo de café, dejó la taza en su platillo y lo miró a los ojos. Al instante notó el poder de su mirada. Si hubiera sido una mujer más débil, o no hubiera debido tanto a los Palmer, seguro que habría capitulado. Pero no era así y se lo debía todo. Nada que él pudiera hacer u ofrecer cambiaría eso.

–¿Y si no tengo? –replicó.

–Todo el mundo tiene un precio, Callie –presionó.

–Déjame pensarlo. Te llamaré –sonrió fría, se levantó y agarró su cartera–. Gracias por la comida. Creo que la reunión ha terminado.

Volvió a colocarse la cartera debajo del brazo y tendió la mano a Tremont. Él se levantó de la silla con un peligroso brillo en los ojos. Estrechó la mano de ella provocando con ello que una marea caliente subiera por el brazo de Callie.

–No he abandonado, lo sabes. ¿No te advirtió tu madre en contra de los hombres como yo? Disfrutamos con los desafíos.

Callie pensó brevemente en la mujer que la había traído al mundo. Una mujer que había preferido recurrir al maltrato, físico o mental, antes que a los consejos de ninguna clase, no había tenido muchos escrúpulos.

–Te dejo de momento –se inclinó para acercarse más a ella–, pero no me hagas esperar mucho –le soltó la mano.

–He dicho que lo pensaría. No te prometo nada más.

–Te llevo a tu coche.

—No es necesario.

—He dicho que te llevaría al coche, y lo haré. Soy un hombre de palabra.

—¿Sí? —se burló ella.

—Sí. No te equivoques conmigo, Callie. Pienso lo que digo y siempre consigo lo que quiero. Al final.

Capítulo Dos

Josh Tremont dejó el teléfono en la mesa y se recostó en su sillón que hizo girar para contemplar el panorama del puerto interior de Auckland. Disfrutó del sabor del éxito antes de pararse a analizar la llamada que acababa de recibir.

Se permitió una pequeña sonrisa. Así que Callie Rose Lee tenía su precio, después de todo. Era alto, pero podía permitírselo. Además, valía para él mucho más de lo que ella pensaba. Había sido preparada por la familia Palmer los últimos diez años y su pérdida sería una conmoción que seguramente duraría algún tiempo. Y en el acuerdo, él conseguía a una asistente excepcionalmente inteligente y guapa.

Después de eso, los últimos pasos de su plan irían sucediendo del modo que quería. Así podría dedicarse por entero al negocio en lugar de malgastar su precioso tiempo en intentar sacarla de entre las afiladas uñas de Irene Palmer. La satisfacción que sentía en ese momento era como un bálsamo para su alma.

Se levantó y se acercó a una estantería. Tomó de uno de los estantes una fotografía enmarcada y contempló la desvaída imagen en blanco y negro. Su madre parecía tan feliz en esa instantánea, tan tranquila con la mano sobre su hombro cuando él tenía ocho años… Afrontaban la vida creyendo que todo era bueno para ellos. Pero era mentira. En su infancia nada había sido como parecía, como debería haber sido... todo eso estaba a punto de cambiar.

Bruce Palmer había tenido la oportunidad de hacer las cosas de otro modo y había decidido no aprovecharla. Había elegido a la insensible mujer que gobernaba su imperio con él. Había elegido a su hijo nacido dentro de las leyes en lugar de a su ilegítimo bastardo.

La breve nota con que Palmer había despachado a Josh cuando le había notificado la muerte de su madre, una cuartilla en la que ponía: «ningún contacto», había sellado su destino. Josh, con dieciocho años, había experimentado una gran conmoción al descubrir quién era en realidad su padre y sufrido el punzante dolor de su rechazo, en un momento tan doloroso como era el de la muerte del único pariente que había conocido. Esa situación había sido el catalizador que había desencadenado todo.

Si Palmer hubiera sido la mitad del hombre que el país creía que era, su madre no habría tenido que mantener tres empleos a la vez para asegurarse de que a él no le faltara de nada.

A cambio de eso, él había jurado que algún día le proporcionaría los lujos que merecía. Por desgracia, su enfermedad le había negado la oportunidad de mimarla. Aún se maldecía a sí mismo por haber estado enfrascado en sus estudios y no haber notado el deterioro de su salud.

El médico había dicho que ya era demasiado tarde cuando le habían detectado el cáncer. Demasiado tarde, pero él mantuvo la esperanza de que no muriera mientras estaba en clase durante el día o en el trabajo de limpieza que hacía por la noche.

Había tardado dos años en morir, y cuando lo había hecho, él no había podido estar a su lado. Estaba en la ceremonia de su graduación, graduación que había conseguido con matrícula de honor y que suponía una beca en la Universidad de Victoria en Wellington, muy cerca de su casa.

Había notado el vacío nada más atravesar el umbral de la puerta. Y ese vacío se había quedado muy dentro de su corazón.

Apretó con fuerza el marco al sentir toda la ira que lo llenaba al recordar el adolescente solo y confuso que había sido. Trató de relajarse y con mucho cuidado dejó la fotografía en su sitio. Cerró los ojos un momento para que la feliz imagen se grabara en su cerebro por encima de la más triste que siempre estaba en el fondo de su mente.

Una vez controlada la ira, abrió los ojos y miró el edificio de Palmer Enterprises. Sí, Bruce Palmer pagaría por su cruel elección, y pagaría con creces. Cuando hubiera terminado con él, el anciano sabría lo que era el arrepentimiento y sus ansias de venganza estarían saciadas.

Volvió a la mesa y abrió en el ordenador el archivo que tenía sobre Callie. Recorrió con la mirada la fotografía de ella que llenaba la pantalla.

Sintió que algo se movía en su interior al comprobar su erguida cabeza, los destellos rojos de su largo cabello y el potencial abrasador de su temperamento. La fotografía, sin embargo, no había captado la esencia de esa mujer. Se había controlado muy bien en la comida de la semana anterior, pero había un matiz de rabia en sus ojos castaños que revelaba una naturaleza apasionada. Callie Rose Lee al natural era más estimulante de lo que prometía la fotografía del ordenador.

–¡Así que ya está hecho el recorrido por la oficina!

La chica que le había mostrado a Callie las instalaciones de Tremont se dirigió a ella con una sonrisa que le hizo pensar que esperaba un aplauso por el trabajo bien hecho.

–Gracias, Sabrina. Ha sido una visita muy completa.

Tan completa que se preguntaba cuándo empezaría a hacer algún trabajo. La visita les había llevado toda la mañana y aún no había visto a Josh Tremont ni dónde se encontraba su lugar de trabajo.

–Ah, aquí está el señor Tremont, justo a la hora.

Callie se puso rígida y en estado de completa alerta. Por el gesto de Sabrina, se dio cuenta de que la chica era un caso severo de adoración al héroe. Callie se concentró en la razón de su presencia allí.

–Callie, me alegro de verte. Tenía una reunión esta mañana, pero estoy seguro de que Sabrina te habrá atendido bien.

Josh le tendió la mano y tras una breve duda, Callie se la estrechó. Al instante notó la fuerza de sus dedos que rodeaban los de ella. Se alegraba de que no fuera de esos hombres que exprimían las manos o dominaban poniendo su mano encima.

No, los hombres como Josh Tremont no necesitaban esas tácticas para demostrar quién estaba al mando. Estaba claro por la mirada que le dedicó al darle la bienvenida a sus dominios. Un estremecimiento le recorrió la espalda. Estaba en la cueva del león.

Llevaba una chaqueta negra, pantalones grises y

camisa blanca. La corbata azul, de seda salvaje, si sus ojos no la engañaban, le quedaba perfecta. Parecía salido de la portada de una revista de ejecutivos.

Callie de pronto fue consciente de que él no le había soltado la mano. La calidez de su tacto le impregnaba la piel y provocó en ella algo un poco más ardiente. Se soltó con todo el decoro que pudo, pero no lo bastante rápido como para conseguir detener el estremecimiento que notaba en la palma de la mano. Se pasó la palma por la cadera, pero eso no consiguió mitigar la sensación de que la mano aún seguía en poder de él.

–¿Lista para ver dónde vas a trabajar mientras estemos en las oficinas?

–Claro –respondió decidida a parecer entusiasmada con su nueva función mientras por dentro se deshacía de nervios.

–Sígueme –dijo Josh señalando unos ascensores y sacando una llave magnética mientras entraban en uno de ellos.

–Gracias por enseñarme todo –dijo Callie a Sabrina.

La chica sonrió y se despidió con un gesto de la mano. El ascensor era más grande que ningún otro en que hubiera estado antes, pero por alguna extraña razón, le pareció estrecho. Josh Tremont parecía demasiado cerca. ¿Era su imaginación o se había acercado a ella mientras subían a la planta ejecutiva?

Su colonia la torturaba, una pizca de pimienta negra y sándalo con algo más. Fuera lo que fuera, causaba estragos en su equilibrio. Por suerte, el viaje fue corto. Las puertas se abrieron y Callie soltó el aliento que había retenido inconscientemente.

–Nuestros altos ejecutivos se encuentran en esta

planta junto con nuestro departamento legal. Tú tendrás tu autorización de seguridad y tu llave magnética. Cada acceso de una llave queda registrado para controlar todos los movimientos del personal.

—¿Así nadie está donde no debe? –preguntó Callie.

Tal vez todo aquello iba a ser más complicado de lo previsto.

—Como estoy seguro que sabrás por tu anterior trabajo, en estos tiempos de competitividad, todas las medidas de seguridad son pocas.

Oh, sí, claro que lo sabía. Y mientras que él protegía su territorio, robaba información a otros.

—Me sorprende que no tengas instalado un dispositivo de seguimiento en todos –dijo con una risita.

—Lo he pensado, pero con esto es suficiente.

Josh presionó con el índice en un lector de un panel que había en la pared al lado de una gran puerta. Una luz verde brilló en la pantalla y las puertas se abrieron dejando a la vista una enorme oficina.

—¿Usáis lectores biométricos en esta planta?

—Y en nuestra sección de informática. Para finales del año que viene, funcionará en todo el edificio.

Callie lo siguió al interior y trató de controlar la sensación de inquietud que notó cuando se cerraron las puertas tras ellos, fue como si se cerraran las puertas de una fortaleza. No hacía falta mucha imaginación para relacionar a su jefe con el señor de un castillo.

Josh hizo un gesto en dirección a una moderna mesa de trabajo.

—Aquí trabajarás tú –sacó la silla invitándola a sentarse–. Verás que hay otro lector de huellas asociado a tu ordenador. Drew, el director de informática, subirá pronto para ponerte al día con el sistema.

Callie se sentó en la silla con mucho cuidado de no apoyarse en el respaldo donde seguía la mano de él. Hizo un gesto en dirección a las puertas de la oficina.

–¿Siempre están cerradas?

–Siempre. Cuando se acerque alguien, aparecerá en tu pantalla por el sistema de intranet. Si ya están sus datos en nuestra base, al lado de la foto aparecerá un breve perfil biográfico. Si no tienen cita, no podrán entrar. De todas formas le habrá costado llegar tan lejos sin permiso de seguridad.

–¿De verdad es tan necesaria tanta seguridad?

Josh soltó una carcajada y se echó hacia delante.

–Tú trabajabas en Palmer Enterprises, dímelo tú.

Callie reprimió la respuesta que le vino a los labios. Tenía que recordar que para todos los efectos, trabajaba para Tremont. Lo miró con una sonrisa forzada.

–Ya entiendo tu punto de vista.

–Sabía que lo harías.

Se quedó sin aliento de pronto cuando él sonrió. Una sonrisa sincera, una de ésas que le iluminaban los ojos y le dibujaban arrugas en las comisuras. Sintió que sus labios también se curvaban en respuesta y la mirada de él bajó hasta su boca, vio sus ojos brillar un poco más, brillar de un modo que de pronto le hizo desear no estar allí con un falso pretexto.

Volvió la cabeza. No podía permitir que viera la verdad en sus ojos. Había prometido a Irene que haría todo lo posible por descubrir al topo de Palmer Enterprises y haría el trabajo, daba lo mismo lo carismático que fuera Josh Tremont. Se concentró en el trabajo.

–¿No puedo registrarme en el sistema hasta que venga Drew?

Josh dudó un instante y se separó un poco, lo que le dio más sensación de espacio.

–Exacto, y por mucho que admire tus ganas de ponerte a trabajar, pensaba que querrías comer algo primero –dio unos pasos hacia otras puertas–. Vamos, he hecho que nos suban algo de comer del restaurante.

–¿Y Drew?

–Sonará la alarma en mi despacho cuando llegue.

Callie se levantó y siguió a Josh en dirección a su oficina. Se quedó sin aliento al entrar. Los ventanales de suelo a techo ofrecían una vista perfecta del distrito financiero y del puerto interior. Parecía que podría dar un paso fuera de la alfombra y atravesar el aire hasta las brillantes aguas. Allí delante, en el centro del distrito, estaba el edificio de Palmer. Era como si a través de los cristales tintados pudiera mirar dentro de él.

Experimentó una punzada de intranquilidad. Una que le decía si habría algo más que rivalidad empresarial entre Tremont Corporation y los Palmer. Pero eso era ridículo. Todo lo relacionado con los Palmer era virtualmente de público conocimiento y no había esqueletos en sus armarios.

–Asombroso, ¿verdad? Jamás me canso de la vista. Parece como si todo fuera tuyo.

Se había acercado a ella por detrás. Estaba tan cerca que notaba su aliento en la nuca. En lugar de intimidarle, la sensación hizo que sintiera chispas en la piel. Era una locura, pensó, ni siquiera la había tocado y... Interrumpió el pensamiento antes de que ocupara por completo su mente, porque si llegaba a hacerlo, tendría que admitir una atracción que sabía que jamás podría revelar ni satisfacer.

No estaba allí para tener una aventura mutuamente satisfactoria por mucho que Josh fuera la clase de hombre que le hablaba a su feminidad. Era fuerte y sin ninguna duda guapo, pero por encima de todo tenía un aura de superviviente que le llegaba a un nivel que iba más allá del instinto. Por esa razón, además de por lo que le había prometido a Irene, sabía que no podía sucumbir a su encanto.

Se había entrenado para tomar sus propias decisiones basadas en criterios racionales, no en los sentimientos más viscerales. No iba a cambiar a esas alturas, ni por nada ni por nadie.

Se alejó un poco para poner algo de distancia entre ellos y se alejó del ventanal. Respiró acompasadamente para recuperar el control y poder hablar.

–Sí, la vista es espectacular. ¿Cómo consigues trabajar?

–Es mi motivación para trabajar.

–¿Cómo?

–He visto cosas peores y no tengo intención de volver a verlas.

–Sé a qué te refieres –asintió ella.

Se arriesgó a mirarlo y se sorprendió al descubrir que él ya la miraba detenidamente. Sonreía.

–Sí, seguro que sí.

La voz de él reverberó en el espacio que los separaba acariciando sus sentidos y volviendo a encenderlos. Un incendio que se apagó de inmediato. ¿Sabía tanto sobre ella?

–Gracioso, ¿no te parece? –continuó él–. Cuanto más trabajamos para conseguir lo que tenemos, más decididos estamos a conservarlo.

Se puso rígida. Estaba llegando demasiado dentro de ella. Pensó en una respuesta sin compromiso y debió de bastar porque él señaló unas fuentes plateadas que había a un lado del despacho y de las que salía un aroma delicioso.

Josh se acercó, tomó uno de los platos de porcelana blanca y se lo tendió a ella.

–¿Quieres que te sirva yo?

Sus dedos se rozaron cuando agarró el plato.

–No, gracias. Me sirvo yo.

–¿Eres siempre tan independiente? –preguntó Josh inclinando ligeramente la cabeza como si la estuviera estudiando en busca del molde perfecto en el que podría encajar.

–Sí, siempre –sonrió.

–Anotado –dijo Josh con un suave asentimiento.

Estaban comiendo, una ensalada tailandesa con curry verde y arroz, cuando sonó el ordenador de Josh.

–Ése es Drew.

Pulsó un botón y el hombre atravesó el despacho hacia ellos. Callie dejó su plato en una mesa baja y se puso en pie para saludarlo.

–Callie, me gustaría presentarte a Drew Grant. Es el responsable de informática en Tremont Corporation y lo que no sabe de la materia es porque no vale la pena saberlo.

Todo un elogio partiendo de un hombre que tenía reputación de exigir la excelencia.

Le estrechó la mano.

–Encantada de conocerte –sonrió.

–Bienvenida a Tremont Corporation –respondió con una amistosa sonrisa.

–Drew, come algo con nosotros y después metes a Callie en el sistema y le enseñas los rudimentos de los programas.

Josh se sentó en el sofá al lado de donde estaba Callie. Si no hubiera sido porque no tenía sentido, habría pensado que estaba marcando el territorio frente a un potencial interés hacia ella por parte del otro hombre. Su rodilla rozó la tela de los pantalones y se separó un poco más de él.

No era propiedad de ningún hombre, daba igual lo poderoso que pensara que era o lo mucho que hubiera accedido a pagarle.

Una vez que Drew llenó su plato y se sentó con ellos, Josh le pidió que le explicara someramente el sistema de la empresa. Callie escuchó atenta consciente en todo momento del hombre que estaba a su lado. Josh intervino muy poco mientras Drew explicaba los aspectos prácticos de lo que ella podría hacer con el ordenador. A pesar de que el sistema era completamente distinto del de Palmer Enterprises, sabía que lo manejaría en poco tiempo y, de hecho, estaba ansiosa por empezar. Aunque esa ansiedad tenía más que ver con su reacción a la proximidad de su jefe que con el deseo de trabajar.

—Podemos ponernos con ello, entonces —dijo con lo que esperó pareciera celo profesional y se levantó para dejar el plato en el buffet.

Al instante notó la pérdida de su presencia al lado de ella. Decidió olvidar la sensación. Era un hombre, cierto que poderoso, pero sólo un hombre y se había jurado mucho tiempo antes no volver a ser víctima de ningún hombre.

—Buena idea —dijo Josh—. ¿Listo, Drew?

—Como siempre. Gracias por la comida.

Mientras salía junto a Drew del sanctasanctórum notó los ojos de Josh en la nuca. Apretó los puños decidida a no darse la vuelta y salir de allí. Fue un alivio estar fuera de su vista sentada a su mesa.

Cuando Drew se marchó, dejándola con la tranquilidad de que estaba sólo a una llamada de teléfono, se sintió más que capaz de emprender cualquier tarea que Josh le pidiera. Cómo iba a manejar el modo en que reaccionaba a él era otra cuestión completamente distinta.

Capítulo Tres

Desde la puerta de su despacho, Josh miraba a Callie trabajar. Estaba totalmente absorta en la tarea, sin apartar los ojos del monitor, los dedos volaban sobre el teclado como si tuvieran vida propia.

Llevaba el cabello recogido en un moño dejando así a la vista el largo y fino cuello. Algo caliente y duro pulsó en su vientre. Tenerla allí era jugar con fuego, se había jurado que jamás se permitiría un romance en la oficina como habían hecho sus padres, pero no había llegado donde lo había hecho sin jugar con fuego.

La primera semana de ella en Tremont Corporation había pasado volando, y en ese momento, al final de su segunda semana, su atracción por ella no había hecho más que aumentar. No iba a ignorarlo más y pensaba que su golpe a los Palmer sería aún más potente si Callie y él se emparejaban, y no tenía ninguna duda de que lo harían. No sólo habrían perdido un elemento esencial de su equipo, sino que verla entre sus brazos en las páginas de sociedad sería como echar sal en la herida.

Carraspeó y sonrió de satisfacción cuando ella se sorprendió y dejó de hacer lo que hacía.

–Callie, necesito que asistas a una inauguración de una galería y una subasta esta noche conmigo. Espero que estés libre.

Peor para ella si no lo estaba, tendría que cambiar de

planes. Notó que abría mucho los ojos sorprendida un instante, pero que rápidamente recuperaba el control.

–¿Esta noche?

–Tremont Corporation patrocina una nueva sala de exposiciones junto con la Escuela de Bellas Artes Blackthorne.

–Ésos son los que ofrecen becas de estudios para niños en riesgo de exclusión, ¿no?

Niños como había sido ella.

–Sí, ésos. Te recojo a eso de las siete. De etiqueta.

–Aún no he dicho que esté libre –dijo molesta por el tono prepotente.

Empezaba a disfrutar viendo cómo podía alterarla. Cada día suponía un nuevo reto con ella. Mantuvo la cara de póquer y dijo:

–Si no lo estás, tendrás que cambiar de planes. Te necesito allí.

«Necesitar» no era la palabra, «querer» era más adecuada.

–¿Por qué no estaba en la agenda este compromiso?

Buena pregunta, reconoció en silencio.

–No había pensado en asistir hasta ahora. ¿Tienes alguna objeción?

–Objeto a la falta de notificación, pero resulta que esta noche estoy libre.

Josh asintió.

–Vete acostumbrando a que las cosas sucedan sin notificación. Una de las cosas que le exijo a mi equipo es flexibilidad y disponibilidad. Pasaré por tu casa a las siete… Ya sé dónde vives. Estate preparada.

***

Josh detuvo el Maserati frente a la casa de dos plantas que Callie había dado como su dirección. El edificio de ladrillo estaba bien cuidado y el jardín que flanqueaba el sendero estaba lleno de los colores del final de la primavera con las plantas que su madre siempre había adorado. Aun así estaba lejos de la perfección de la mansión palaciega de los años veinte en St. Heliers que él llamaba su hogar.

Pero considerando la ubicación en Mt Eden, ella lo estaba haciendo bastante bien. Se preguntó cuánto de su posición lo habría conseguido por sí misma y cuánto ayudada por la familia Palmer. Solían ocuparse de los suyos... cuando les iba bien.

Consiguió aplacar la oleada de furia que le invadía cada vez que pensaba en ellos. Las cosas podrían haber sido tan distintas para su madre y para él cuando era pequeño… El recuerdo de lo que los Palmer eran capaces de hacer jamás abandonaba su mente, por mucho que hubieran engañado a todo el país haciéndole creer que eran lo más relimpio de la sociedad.

Devolverles lo que le habían hecho sería una absoluta faena. Y él personalmente se aseguraría de que lo fuera.

Iba a llamar a la puerta cuando se abrió.

No muchas cosas le quitaban el aliento, pero la visión de la mujer elegante y sofisticada que tenía delante lo consiguió.

Al principio pensó que el vestido era negro, pero con más luz se dio cuenta de que era de un marrón oscuro, del mismo color que sus ojos. La tela se ceñía sobre su cuerpo, casi del mismo modo que sus dedos se morían por hacer, acariciando cada curva de un modo sutil y sensual.

31

Dejó escapar un largo silbido.

–Estás impresionante.

–Gracias. Has dicho de etiqueta. Espero que no sea demasiado.

¿Demasiado? Dio un paso atrás para apreciar la parte trasera del vestido mientras ella salía por la puerta y cerraba con llave. La cremosa piel de su espalda quedaba a la vista tras los hombros. Y por alguna razón encontró más excitante lo que ocultaba el vestido que lo que mostraba.

–Es perfecto. Gracias.

–¿Por hacerlo bien? –se volvió a mirarlo a los atractivos ojos.

–Sí.

–Créeme, me han entrenado bien.

Hubo algo en su voz que le llamó la atención, pero no fue capaz de ponerle nombre. No fue doblez ni cinismo.

Sonrió.

–Me lo puedo imaginar.

–¿Qué quiere decir eso? –se puso rígida.

–Los Palmer esperan un cierto, digamos, nivel de conducta de sus empleados.

–Como tú –dijo rápida.

–Como yo –concedió con un asentimiento. Le puso la mano en la espalda–. Vámonos.

Ella no se movió de inmediato y se preguntó si no estaría siendo demasiado informal tocándola como lo hacía, pero ella seguía con los labios apretados, como si hubiera tomado una decisión en silencio y le dejó guiarla hacia el coche.

Notaba la tela moverse bajo la mano a cada paso que daba, el movimiento casi indetectable era suficiente para que una descarga eléctrica le recorriera la mano. No habría sido muy complicado anular la sensación haciendo un poco más de presión con la palma contra la suave curva de sus caderas, pero sabía que no podía ceder a ese deseo elemental. Esa vez no.

Al llegar al coche, le abrió la puerta del acompañante y esperó para cerrar hasta que estuvo sentada en el asiento de cuero y hubo recogido la falda del vestido.

Los finos pies estaban calzados con unas sandalias de tiras color bronce y las uñas pintadas de bermellón. La sensación eléctrica que había empezado en la mano ganó fuerza y consiguió llegar a su vientre. Dios, tenía unos pies increíblemente atractivos. Jamás había pensado en sí mismo como en uno de esos tipos que se fijaban en los pies, pero al ver los de Callie le pareció fácil serlo.

–Bonitos zapatos –comentó ya sentado en el asiento del conductor.

–Gracias –dijo con una sonrisa tímida–. Los zapatos son una de mis debilidades –admitió.

–Lo he notado –dijo con una risa decidido a relajar el ambiente esa noche.

–Bueno, supongo que todos tenemos nuestros vicios. ¿Cuál es el tuyo?

La pregunta se quedó pendiendo en el aire. ¿Qué haría ella si él reconocía el suyo? Decidió evitar la pregunta.

–No tengo vicios.

El resoplido de incredulidad de ella fue apenas audible.

–¿Qué? –preguntó él–. ¿Crees que sí?

–No te conozco lo bastante bien como para saberlo.

–Pero has oído rumores –presionó.

–Alguno. Sin embargo, no tengo la costumbre de conformar una opinión basada en los rumores.

–Una cualidad admirable –reconoció Josh.

–Una de mis muchas –replicó con el tono que había utilizado al salir de su casa.

Decidió dejar esa reflexión a un lado para estudiarla más tarde. Callie Lee estaba demostrando ser más intrigante de lo que había anticipado. Tampoco había anticipado lo tentadoramente sensual que resultaba. El que ella pareciera inconsciente de ello la hacía aún más tentadora, y era una tentación a la que sucumbiría... a su tiempo.

Callie contempló a la gente arremolinada alrededor de la galería. La mayoría estaban más interesados en ser vistos entre quienes eran algo en la sociedad de Auckland que en la calidad de las obras de arte. Había dado una vuelta como asistente de Josh, asegurándose de que los patrocinadores adecuados se rozaran con los beneficiarios apropiados y que quienes estaban allí porque era gratis consiguieran lo que querían antes de sacarlos discretamente de las salas principales.

Al final se tomó unos minutos para observar las obras que se exponían antes de que Josh pronunciara el discurso en el que se harían públicos los resultados de la subasta. Se detuvo delante de un pequeño óleo. El protagonista de la pintura no tenía rostro, pero el desánimo era evidente en sus hombros caídos. Podía haber sido un chico o una chica... daba lo mismo.

Callie sintió un nudo en el pecho ante la pintura.

Recordó ese sentimiento. La desolación. La desesperación. Un nudo invisible en la garganta y el escozor de las lágrimas en lo profundo de los ojos. El artista había captado esa sensación perfectamente. Dados los niños que se apoyaban con ese evento, no le quedó ninguna duda de que el artista era el protagonista del lienzo.

–Potente, ¿verdad?

La profunda voz de Josh cerca de su oído le hizo dar un respingo. La última vez que lo había visto estaba enfrascado en una discusión con alguno de los grandes nombres de la industria neozelandesa. Los Palmer eran, por supuesto, una ausencia notable.

Asintió aún con el nudo en la garganta, pero las siguientes palabras de él la desconcertaron aún más.

–¿Vas a pujar por él?

–¿Estás de broma? –se volvió a mirarlo–. No puedo competir con la gente que hay aquí –sonrió–. No juego en su liga.

Josh pareció meditar un momento antes de ladear la cabeza y decir:

–No, no estás a su nivel, ¿verdad?

Aunque había sido ella misma quien lo había dicho, no pudo evitar enfurecerse. Una palabra se formó en la punta de su lengua, pero antes de poder pronunciarla, él continuó.

–Tienes muchas menos capas, ¿verdad? Deberías pujar por la pintura. Podría sorprenderte lo que suceda –terminó enigmático antes de responder a la llamada de una pareja muy bien vestida que se hallaba al otro lado de la sala–. Disculpa.

Se marchó tan rápidamente como había aparecido y ella se volvió hacia la pintura mordiéndose el labio inferior. Que la quería era innegable. La chica o el chico del lienzo podría haber sido ella. Dejó la mirada vagar sobre los colores y las texturas lejos del foco central. Fue entonces cuando reparó en un brillo dorado, un rayito de sol que atravesaba el cielo e iluminaba las ramas desnudas de un árbol en las que había unos diminutos brotes verdes. Brotes de renovación, de crecimiento, de esperanza.

Por primera vez en muchos años, Callie se sintió completamente limitada. Habría dado su colección entera de zapatos por ser capaz de pujar por esa pintura. Pero daba lo mismo, no importaba cuánto la deseara, no podía pujar por ella. Cualquier cifra por debajo de los cinco dígitos sería irrisoria en una noche como ésa.

Con la disciplina forjada en años de práctica, dio la espalda decidida a la pintura y a todo lo que representaba.

La velada siguió su curso, empezaban a dolerle los pies cuando iban a ser anunciados los ganadores de la subasta. Muchos asistentes se habían marchado a otros eventos sociales, y la galería ya no estaba llena de aquéllos que querían ser vistos haciendo algo bueno. Callie suspiró. La velada acabaría pronto y podría irse a casa.

Josh estaba en el estrado listo para cumplir con su parte de las formalidades y su poderosa presencia provocó el silencio en la sala. Desde su posición cerca del fondo, Callie lo contempló con comodidad. Era agradable mirarlo. Habló durante un cuarto de hora, aunque el discurso no pareció durar ni cinco minutos porque su profunda voz mantenía sin esfuerzo la atención del auditorio. Subrayó el propósito de la galería y prometió que Tremont Corporation renovaría su apoyo financiero al fondo de becas. Hubo un gran aplauso.

Después de ceder la palabra al director de la galería, se dirigió a donde ella estaba.

–Vámonos –dijo inclinándose para hablarle al oído.

–Pero los resultados de la subasta... –protestó ella.

–¿Importan? ¿Has pujado por *Esperanza*?

–¿*Esperanza*?

–El óleo que contemplabas antes.

–No.

Josh la miró de un modo extraño.

–¿Por qué no?

Callie se quedó paralizada por la intensidad de su mirada. No sabía qué hacer o decir. Se le aceleró el pulso y se le secaron los labios. El ruido del gentío se desvaneció y en la sala sólo pareció quedar Josh. El embriagador aroma de su colonia la envolvió llevándola a una trampa de sensualidad. Hizo un gran esfuerzo y consiguió decir:

–Para ser sincera, no creo que pueda pujar lo bastante para hacer justicia al artista.

Josh se acercó un poco más y le pasó el brazo por la cintura.

–Sé lo que quieres decir. Vamos.

Atravesaron la multitud en dirección a la puerta. Una vez atravesada, le soltó la cintura y de pronto se sintió como si la hubiesen dejado a la deriva. Había sido tan fácil caminar a su lado… Saborear el roce de su cadera mientras andaban. Pero se había imaginado que había algo más entre ellos. Estaba allí para hacer un trabajo, un trabajo para los rivales de él. Un temblor fruto del arrepentimiento la recorrió.

–¿Tienes frío? –preguntó Josh mientras esperaban a que un aparcacoches les llevara el suyo.

–No, estoy bien.

Pero no estaba bien. Esa noche había demostrado que daba lo mismo lo mucho que se hubiera resistido en la oficina, se sentía dolorosa e irrevocablemente atraída por su jefe... y eso hacía su misión doblemente difícil.

Fue en silencio de vuelta a casa. Ajena a las luces que pasaban a los lados de la carretera. No tardaron mucho en detenerse delante de su casa. Josh apagó el motor.

—Gracias por esta noche —dijo ella abriendo la puerta y saliendo del coche lo más rápidamente que pudo.

No quería esperar a que él saliera y le abriera la puerta e incluso la tocara porque no quería preguntarse qué pasaría si lo hiciera.

Había estado trabajando para él una quincena. Dos semanas en las que había hecho todo lo posible para cumplir su tarea dentro de los más altos estándares. Catorce días en los que, en lugar de buscar la forma de encontrar respuestas a las preguntas de los Palmer, había estado combatiendo su creciente atracción por un hombre que era, sin duda, la única persona del mundo por la que no debería sentirse atraída.

Empezó a recorrer el camino que llevaba a la puerta de su casa. Oyó que se abría una puerta del coche, después otro sonido. Tenía las llaves en la mano. Un par de metros más y estaría dentro.

—Callie, espera un minuto. Tengo algo para ti.

La voz de Josh la dejó sin aliento al notar las mariposas que aleteaban como locas en su estómago. Se volvió a mirarlo.

—Sé que no te había avisado con tiempo de lo de esta noche. Me gustaría que tuvieras esto, es una forma de mostrarte mi aprecio.

–No es necesario. Me pagas muy bien por mi trabajo. Yo...

–Callie –la interrumpió–. Acepta el maldito paquete, ¿vale?

Lo miró fijamente a los ojos y bajo el intenso azul vio algo más de lo que había visto antes. Ya no estaba el humor. En su lugar había una abrasadora llama azul. Los ojos de él bajaron a su boca y la llama ardió con más fuerza antes de volver a mirarla a los ojos. Como bajo su control, aceptó el paquete, sus dedos se rozaron cuando se lo entregó.

–Te veo el lunes –dijo él con una ligera inclinación de cabeza.

Después, en un instante, se había ido. Lo miró alejarse, se dio la vuelta, entró en casa y cerró la puerta con llave. Apoyó la cabeza en la puerta. Había querido besarla, estaba segura. Besarla y más. No era ninguna ingenua. Reconocía el deseo cuando lo veía.

¿Por qué no había actuado? ¿Por qué no la había besado? Le habían ardido los labios al sentir su mirada en ellos, anhelando la realidad y no el sueño.

Se enderezó y se concentró para poner sus pensamientos y sus hormonas bajo control. Avanzó hacia el interior de la casa y dejó el bolso en una mesita baja. Después, con cuidado, dejó el paquete en el sofá. Notaba los dedos extrañamente torpes al intentar desatar la cinta que rodeaba el paquete. Finalmente consiguió desenvolverlo.

Se llevó un puño a la boca al reconocer lo que había dentro.

–*Esperanza*.

Le había regalado *Esperanza*.

Capítulo Cuatro

El sábado amaneció con lluvia en el horizonte. El aire ya era cálido y la promesa de lluvia auguraba un tiempo menos pegajoso. Lo que habría dado por una Navidad con tiempo frío, para variar… Callie bajó las escaleras y se dirigió a la cocina, encendió la tetera de un modo automático para prepararse el té fuerte que todas las mañanas la sacaba de la modorra matutina.

Bueno, eso sería si hubiese dormido algo. Cuando no había estado enredada en las sábanas dando vueltas, sus sueños se habían visto quebrados por el trasfondo de la noche anterior. La sensación de la mano de Josh en su espalda, el aroma de su colonia en el coche. El calor de su mirada antes de dejarla frente a su puerta y la insistente respuesta de su cuerpo a todo ello.

Cada día laborable de las últimas dos semanas se las había arreglado para mantener a raya sus reacciones ante la presencia de él. Y entonces tenía que liarlo todo insistiendo en que lo acompañara a la galería.

Sintió una ira inesperada que le subía de la boca del estómago. Había ido demasiado lejos regalándole la pintura. Daba lo mismo lo mucho que la deseara, una persona no hacía cosas así, al menos no en su mundo. En su mundo todo beneficio tenía un precio. Algunos se los podía permitir, otros no, y ése definitivamente era uno de los que ella no podía permitirse a ningún nivel.

Mientras esperaba el pitido de la tetera contempló el cuadro apoyado en el respaldo del sillón de cuero color crema. Sentía una opresión en el pecho contemplando la figura que aparecía en el lienzo.

Era imposible. No, era imposible que fuera Josh Tremont. No podía aceptar ese regalo. Se lo devolvería ese mismo día. El lunes sería demasiado tarde. Si lo tenía más de lo necesario, podría ceder y quedárselo y su orgullo no le permitía hacer algo así. Se veía mentalmente ya pensando en cómo devolver una deuda que no había querido contraer. No quería deberle nada a Josh.

Miró de soslayo el reloj de encima de la chimenea que sonaba de fondo. ¿Eran las siete y media de la mañana de un sábado una hora demasiado temprana para llamar al jefe? Resopló y reconoció que cualquier hora antes del lunes seguramente era demasiado temprano.

Las nueve. Llamaría por teléfono a las nueve y vería cómo hacía para devolvérselo.

La decisión tuvo el efecto de aclararle por fin la cabeza. Casi disfrutó de sus cereales con leche desnatada y con orejones. Casi. Cuando el reloj dio las nueve ya se había duchado, vestido, había hecho la cama y puesto una primera lavadora que casi estaba lista para tender.

La máquina pitó discretamente desde un anexo del garaje haciéndole saber que el programa había terminado justo cuando marcaba el teléfono de Josh.

El repetitivo sonido de la llamada era casi hipnótico. Evidentemente, no estaba en casa, pero ¿no tenía servicio, ni siquiera un contestador? Estaba a punto de colgar cuando oyó al otro lado:

–Tremont.

Las dos sílabas parecieron un martillazo.

–Soy Callie.

Súbitamente, el tono de su voz pasó de la calidez a la melosidad.

–Ah, Callie. Dame un minuto, estaba en la piscina y lo estoy mojando todo.

Oyó el auricular golpear con una superficie dura y un frufrú de tela. Mientras esperaba su mente se descontroló e imaginó la visión de Josh mojado y recién salido de la piscina. El cabello oscuro estaría brillante y echado hacia atrás, dejando a la vista la amplia frente y algunas gotas de agua caerían por su cuello y sus poderosos hombros. Echó el freno a sus pensamientos antes de que fueran demasiado lejos.

Hubo un suave sonido de roce y después su voz volvió a llenarle el oído.

–¿Qué tal estás esta mañana?

–Bien. Mira, voy a ir directa al grano. Aprecio realmente lo que hiciste anoche con el cuadro, pero no puedo aceptarlo.

–¿Por qué, Callie? –su nombre vibró a través del hilo telefónico al ser pronunciado por su rica y profunda voz, haciendo el efecto de algo prohibido, como una caricia en la nuca–. Pensaba que te gustaba.

–Y me gusta, es que...

–¿Qué? –la interrumpió.

¿Cómo se le decía al jefe que un regalo era inadecuado sin sacarlo de sus casillas? Sobre todo cuando tenía que embaucarlo para colarse en su mundo mejor de lo que lo había hecho hasta ese momento para poder reunir la información que Irene sin duda le pediría pronto.

De momento, Josh parecía exactamente lo que todo el mundo esperaba que fuese: encantador, exitoso, decidido... un hombre que daba el cien por cien siempre y esperaba lo mismo a cambio. Como jefe no podía reprocharle nada. De hecho, empezaba a preguntarse si no estaba especialmente dotado para interpretar el mercado y no tenía que recurrir a espiar para debilitar a los Palmer.

–Tienes una fuerte conexión con la obra, ¿me equivoco? –siguió Josh.

–No, no te equivocas –suspiró Callie.

–Entonces es tuya.

–No. Vale demasiado.

–¿Y si pienso que tú lo vales, incluso más?

–Yo... –tartamudeó.

–No hagas un gran asunto de todo esto, Callie. Te gustaba el cuadro, pujé por él por ti y gané la puja.

Hacía que pareciera tan sencillo… Le gustaba el cuadro, conectaba con él, además era suyo. Que el precio hubiera andado por las cinco cifras no tenía nada que ver con eso. Trató de ser lógica, pero se encontró con que no daba con ningún argumento para devolverle el cuadro.

–No –dijo firme–. No puedo aceptarlo. Me identifico con el cuadro, quizá demasiado.

–¿Eso te perturba?

–Sí –mintió, se mordió el labio inferior y apretó antes de cambiar de opinión.

–Lo siento. No era ésa mi intención.

–Lo sé –se apresuró a decir ella–. Y aprecio el gesto, de verdad que sí. Pero me gustaría devolvértelo. A ser posible, hoy mismo.

Hubo un momento de silencio y después Josh dijo:

—Cena en mi casa. A las seis y media.

—Pero...

¿Cenar? ¿Con su jefe? ¿En su casa?

—Nos vemos luego. No hace falta que te arregles.

Las señales indicaron que había colgado. ¿Tenía que ir? Colgó el auricular y caminó hasta el cuarto de estar. Fijó la vista en el cuadro. Si de verdad quería devolvérselo, tendría que ir.

Se bajó del coche y se colocó el paquete firmemente bajo el brazo. Él había dicho que no se arreglara, pero había sentido la necesidad de hacer un esfuerzo. La seda estampada a mano del vestido de verano se le enredaba en las piernas mientras sus pies, por una vez sin tacones, se dirigían a la puerta principal de la casa de Josh.

Cuando había llegado a la entrada para coches casi se había arrepentido y se había dicho que debería haber esperado hasta el lunes. Pero, tenía que admitirlo, su invitación a cenar era la oportunidad perfecta para observarlo en un contexto distinto, y necesitaba encontrar algo sólido en sus observaciones lo antes posible.

El camino de acceso era impresionante, flanqueado por unos setos recortados con increíble precisión, pero la casa lo era aún más. El pórtico de dos arcos se elevaba austero ante ella y un escuadrón entero de mariposas empezaron a aletear en su estómago.

Todo era increíblemente perfecto. Ni un cable, ni mucho menos una hoja fuera de sitio. Tenía que tener un ejército de jardineros para mantener aquello así.

–¿Vas a quedarte todo el día fuera disfrutando del jardín o vas a entrar en casa?

Callie dio un salto. No había oído la puerta abrirse. Dedicó una media sonrisa a Josh.

–Tus jardines son muy... –dudó un momento– bonitos –dijo finalmente.

Era la verdad, eran preciosos. Pero a pesar de la perfección, echaba de menos la exuberancia y el color que se veía en los jardines en primavera. Los setos perfectamente podados y los árboles carecían de algo.

Alma. Eso era. Aunque había plantas en abundancia, no había vida en lo que veía. Era como si todo fuera apariencia y ningún placer personal.

–Pero no te gusta, ¿verdad? –dijo Josh apoyándose en una de las columnas color crema de los arcos de la entrada.

–No es eso –dijo cauta–. Es precioso, pero un poco demasiado controlado para mi gusto.

–¿Prefieres las cosas menos controladas?

Hubo un cierto tono de insinuación en la frase y Callie sintió que el rubor le subía por la garganta y le alcanzaba las mejillas. ¡Cielos, hacía años que no se ruborizaba!

–Cuando es el momento y el lugar adecuado, sí.

Alzó la barbilla y lo miró a los ojos. En ellos brillaba el buen humor. Sabía que la había avergonzado con su broma y disfrutaba de ello.

Era una faceta de él que no había visto antes. En la oficina se comportaba siempre de un modo muy profesional. Encontró interesante que esa primera impresión, de los exteriores de su casa al menos, fuera exactamente la misma. Cada cosa en su sitio y un sitio para cada cosa.

Aun así algo dentro de ella se desplegó bajo esa mirada llena de sentido del humor.

–Vamos dentro –dijo Josh separándose de la columna y haciendo un gesto en dirección a la puerta–. Podemos beber algo al lado de la piscina antes de la cena.

Callie subió los escalones y sacó el cuadro de debajo del brazo.

–Toma, esto es tuyo.

Josh se acercó a recoger la pintura, pero se detuvo un momento antes de aceptarla.

–¿Estás segura?

–Completamente.

Asintió ligeramente y aceptó el paquete. Después, con la otra mano en la espalda de ella, como había hecho la noche anterior, entraron en la casa.

Callie trató de ignorar su proximidad y el calor de su mano a través de la seda del vestido, pero era casi imposible. Todas sus terminaciones nerviosas estaban concentradas en ese punto. En el contorno de sus dedos, en el calor de la palma de su mano. Exhaló el aire que había retenido cuando se separó de ella para cerrar la puerta.

Vestido de modo informal no era menos impresionante que con el atuendo estándar de la oficina. Le favorecían los colores oscuros, el polo azul marino que colgaba suelto sobre los vaqueros de diseño. Ese día no llevaba colonia, pero su masculino aroma natural ponía en alerta hasta su última hormona.

¿En qué estaba pensando? Se suponía que tenía que espiar a ese hombre, no morirse de deseo por él.

Josh dejó la pintura encima de un aparador y siguió con ella hacia la zona de la piscina. Salieron por unas ventanas francesas a la parte trasera de la casa, le quitó la mano de la espalda y le dejó alejarse dos o tres pasos de él. Tenía el cabello recogido otra vez y descubrió sus ojos recorriendo la suave línea de su cuerpo. Un rizo había escapado y le acariciaba la nuca. Sus dedos se morían por enredarse en el diminuto mechón, por comprobar si ese roce hacía que un estremecimiento recorriera el cuerpo de ella.

Caminaba con una gracia que era difícil ignorar. La tela de su vestido se ceñía sobre la curva de sus caderas y se mecía suavemente con el movimiento totalmente femenino de sus piernas mientras cruzaba la zona de baldosas. Se preguntó, no por primera vez, si sería igual de grácil en la cama.

Algo dentro de él se tensó y una oleada de calor llameó en su interior. La deseó con fuerza. Sería un profundo placer para los dos.

–¿Qué quieres beber? –dijo ofreciéndole una silla de fundición cubierta con un cojín.

–Algo frío y que no tenga alcohol.

–¿De verdad que no quieres una copa de vino? –preguntó sorprendido.

–No, gracias. Nunca bebo alcohol cuando voy a conducir.

–Sabia decisión. ¿Un zumo?

–Perfecto.

Contempló el movimiento de los músculos de su garganta cuando tragó. Estaba nerviosa. Intrigante. En la oficina trabajaba a su lado con impecable eficiencia, incluso la noche anterior había sido igual, a pesar de su evidente malestar porque él hubiera dado por sentado que lo acompañaría.

¿Era el haberle devuelto la pintura lo que le hacía sentirse así?, se preguntó. Devolver un regalo siempre era algo difícil. Sabía lo bastante de sus circunstancias para comprender por qué el mensaje del artista había resonado en ella. Cualquier adolescente que hubiera pasado por el sistema de Irene Palmer tendría un pasado más duro que muchos de los niños que salían en los carteles de la fundación de Irene. Tenía que reconocer, por mucho que le costara, que con Callie lo había hecho bien.

Sirvió dos vasos de zumo de frutas.

–¿También vas a conducir? –preguntó Callie con un punto de mordacidad.

–No, pero no necesito el alcohol para pasarlo bien.

Sus palabras parecieron relajarla y en sus facciones se asentó una sonrisa.

La investigación que había hecho de su pasado era escasa en detalles, pero sabía, por el informe confidencial que había elaborado su equipo, que en su familia había habido problemas con el alcohol y otras drogas. Ella había decidido alejarse, o más exactamente escapar, de todo ello y se había perdido por las calles del centro de Auckland. Y a pesar de todo, había sobrevivido. La admiraba sobre todo por mantener su posición y tomar sus propias decisiones.

Durante la cena, que consistió en filetes de suculento aspecto y patatas con pimentón, le divirtió ver a Callie intentar, con precaución, saber algo de su pasado.

–Así que te crió tu madre... –preguntó ella.

–Sí. Vivíamos en Wellington.

–Tiene que estar orgullosa de ti.

–Está muerta –espetó él.

–Oh, lo siento. No lo sabía. Debes de echarla mucho de menos –dijo con sincero arrepentimiento.

–Todos los días. Murió demasiado joven –no trató de disimular la amargura de su voz.

–Tuviste suerte de contar siempre con su apoyo, sin embargo. Esa clase de cosas nunca hay que darlas por sentado.

Había una añoranza en las palabras de ella que lo devolvió de golpe al presente.

–Tienes razón. Algunas veces es necesario que me recuerden esas cosas –sonrió–. Y seguro que estaría orgullosa de mí. Siempre tuvo un gran deseo de que yo tuviera éxito.

Una ligera brisa hizo cambiar un poco la temperatura de la noche.

–Vamos dentro a tomar el postre y el café. Está refrescando.

Callie empezó a recoger los platos, pero él le agarró la mano con firmeza y se la llevó al pecho.

–No has venido a trabajar. Ya me ocuparé yo luego.

Callie asintió de modo casi imperceptible, se dejó arrastrar lejos de la mesa y entraron en la casa.

Durante el bizcocho casero, cortesía del ama de llaves, y el café descafeinado por insistencia de ella, Josh mantuvo una conversación sobre temas generales, pero no le pasó desapercibido el modo en que los ojos de Callie periódicamente recorrían la habitación. Sobre todo cuando su mirada se detenía con apenas disimulado interés en una colección de fotografías enmarcadas que había encima de un aparador.

–¿Te importa? –preguntó señalando las fotografías.

–No, claro que no.

La siguió. Ella agarró la copia de la que tenía en su despacho.

–Éste eres tú con tu madre, ¿no? Es la misma que está en el trabajo –sonrió mientras recorría con la yema de un dedo su rostro tras el cristal–. Los dos parecéis muy felices.

–Ella aún estaba bien y, sí, a pesar de todo, éramos felices –concedió él.

–Me alegro –dijo sencillamente. Miró su reloj–. Oh, ¿ya es tan tarde? Tengo que irme. He disfrutado mucho de la velada. Gracias.

Mientras la miraba dirigirse a la puerta supo que tenía que hacer su primer movimiento definitivo.

–Espero que no te haya molestado que no pueda quedarme con el cuadro –dijo mientras abría el coche con el mando a distancia.

–No me ha molestado exactamente –dijo él con cuidado.

–¿Eh?

–Sólo siento haberte provocado ese estrés.

Cuando ella fue a decir algo, Josh le apoyó el índice en los labios.

–No te excuses conmigo. Puedo asumir cometer un error de vez en cuando.

Antes de que pudiera protestar, bajó la cabeza y cambió el dedo por sus labios. La descarga eléctrica que sintió lo sorprendió completamente. Sí, sabía que ella le resultaba atractiva. ¿A qué hombre heterosexual con sangre en las venas no se lo resultaría? Pero la oleada de calor que le recorrió el cuerpo fue algo completamente inesperado. Hizo un gran esfuerzo para no estrecharla contra él, para no responder al primitivo instinto que nublaba su cerebro mientras intentaba darle sólo un beso ligero.

Sabía a fruta con chocolate, y esa dulzura, combinada con su sabor único, se extendió por su cuerpo como un elixir embriagador.

No tocarla era un tormento. Disfrutar sólo de sus labios no era suficiente. Con un gemido, cedió a las demandas de su cuerpo, la rodeó con los brazos y la atrajo hacia él. La suave tela de su vestido se deslizó bajo sus manos mientras le acariciaba la espalda. Bajo la seda notaba su calor y al instante deseó conocer la textura más íntima de esa piel.

Las manos de ella seguían colgadas a los lados de su cuerpo mientras apretaba un puño sobre la llave del coche. Él podía notar su tensión en cada línea de su cuerpo. Suavemente, profundizó el beso, la lengua pasó la frontera de sus labios para encontrarse con la de ella, para absorber los ruidos que hacía. Sonidos que hacían que su sangre se acelerara y calentara sus venas.

Un ligero temblor recorrió el cuerpo de ella, si no la hubiera abrazado con tanta fuerza quizá no se hubiera dado cuenta, y eso señaló su capitulación. Abrió más la boca, su lengua fue al encuentro de la de él y la llave cayó al suelo cuando levantó las manos para rodearle el cuello y atraerlo con fuerza.

Sus pechos presionaron contra el torso masculino, las caderas se alinearon con las de él, la presión de su boca se incrementó. No podía ocultar nada. Era evidente que estaba excitado.

La constatación de lo cerca que estaba de perder el control recorrió su mente y tuvo el efecto de un cubo de agua fría. No quería precipitarse.

Lentamente, Josh se liberó del abrazo, pero el insistente martilleo de su corazón desmentía la llamada al control que acababa de hacer su mente. Recorrió con besos la línea que iba de la comisura de los labios de Callie hasta el pómulo hasta que sus labios descansaron en la sien.

Notaba la entrecortada respiración de ella en la abertura del cuello de la camisa. Su imaginación se disparó y se preguntó cómo sería sentir ese aliento en el resto de su cuerpo. Reprimió un juramento y reunió todo el control que pudo.

Enmarcó el rostro de ella con las dos manos y suavemente la obligó a mirarlo a los ojos.

–Me alegro de que hayas venido esta noche.

–Yo... –dijo ella sin poder articular más palabras, víctima de la confusión.

–Sabes que quiero volver a verte –la besó en los labios una última vez–. Y no hablo sólo de en la oficina.

–Yo... no sé.

–¿Te preocupa lo que la gente pueda decir? Podemos mantenerlo en secreto de momento, si quieres. Piénsalo, ¿vale?

Se agachó a recoger la llave del coche y le abrió la puerta.

–Prométeme que llegarás bien a casa –dijo mirándola a los ojos.

–Te lo prometo.

Sus ojos reflejaban la confusión que sentía. Estaba seguro de que aquello no era lo que ella esperaba que sucediera esa noche. Para él también había sido algo inesperado. Para bien.

–Te veo el lunes. Hablamos entonces.

–Sí, el lunes.

Estaba en piloto automático y la constatación le provocó una sensación de absoluta satisfacción masculina. Evidentemente, sus besos la habían alterado tanto como a él.

Callie aceptó las llaves que le ofrecía con manos temblorosas. Casi no podía creer que la hubiera besado, tampoco podía racionalizar su desmesurada reacción a ese beso. De algún modo tenía que recomponerse y volver a casa. De un modo casi automático se sentó en el asiento, se abrochó el cinturón y arrancó el motor del coche.

Mientras recorría el camino hasta la calle, echó una mirada por el espejo retrovisor. Josh seguía exactamente donde lo había dejado, bañado por la dorada luz que salía por la puerta, una poderosa silueta que la miraba alejarse. Se le aceleró la respiración y notó la fuerza de su mirada atravesar el aire de la noche. Se llevó los dedos a los labios como si así pudiese revivir la sensación del beso.

Cuando llegó a casa, casi se había hecho la ilusión de que se había calmado. Así fue hasta que entró en el salón y vio parpadear el piloto rojo del contestador.

Capítulo Cinco

La voz de Irene llenó el aire con los modulados tonos que hablaban de su impecable educación.

–Callie, han pasado dos semanas. Llámame por la mañana, seguro que tienes algo para mí.

Pulso el botón de borrar, pero eso no consiguió disipar la frustración que latía en el aire como una presencia palpable. ¿Algo para Irene? No tenía nada. Absolutamente nada, salvo un creciente sentimiento de admiración hacia un hombre al que no debería haberle permitido que la besara esa noche.

Claro que era despiadado. Sólo había que ver lo que había conseguido saliendo de donde había salido. ¿Sería posible que los Palmer estuvieran equivocados y que simplemente fuera su perspicacia en los negocios lo que mantenía a Josh siempre un paso por delante de ellos? Podía ir a la caza de su personal, cierto, pero eso sucedía constantemente en todas partes. Era normal que quisiera rodearse de los mejores entre los mejores. No era menos lo que él mismo ofrecía.

Su musculatura interna se tensó al pensar en lo que le había ofrecido esa noche. La promesa que había en ese beso, la sensación de su duro cuerpo contra el suyo y la afirmación de que quería volver a verla.

Se dejó caer en una silla sin siquiera preocuparse de encender la luz. Era una locura. Había ido a trabajar para Josh con idea de descubrir si tenía un topo en la empresa de los Palmer y en ese momento se entregaba a soñar con algo que jamás debería permitirse. Se estaba enamorando de él.

Día a día un poco más, semana a semana más profundamente. Lo que había empezado como una mera atracción física, rápidamente se estaba convirtiendo en algo más. Algo que quería explorar sin tener la sensación de que su interacción fuera algo completamente prohibido.

Estaba allí a instancias de Irene, se recordó, para hacer lo que pudiera para evitar más pérdidas a Palmer Enterprises, no para hacer la tontería de enamorarse.

Bueno, amor no. Ni siquiera sabía lo que era eso. Había crecido en un entorno de maltrato y de carencia de cuidados. Por propia supervivencia había volado en cuanto había cumplido los catorce años y había confiado en su ingenio y su bien entrenado instinto de supervivencia para mantenerse a salvo en las calles durante dos años hasta que un error de juicio había hecho que los servicios sociales se fijaran en ella y la policía hubiera acabado por atraparla.

Al principio se había resistido a ser internada en uno de los hogares de los Palmer, pero cuando se había dado cuenta de que daba lo mismo las veces que se escapara, siempre la volvían a llevar allí, decidió aceptar lo que le ofrecían.

Esa oportunidad de dar la vuelta a su vida y elegir mejor había sido un renacimiento en más de un sentido. Pero siempre había tenido cuidado de no confiar demasiado y no encariñarse mucho con nadie. Sus relaciones con los demás eran superficiales, jamás profundas. Su mundo siempre había estado cimentado en un suelo demasiado inestable como para hacer otra cosa.

No podía estarse enamorando de Josh. Era una locura, pero nadie podía prohibirle disfrutar de aquello. Era una mujer normal con apetitos normales. Y quizá, sólo quizá, podría demostrar que los temores de los Palmer sobre Josh, eran infundados.

El lunes por la mañana, Callie fue consciente al instante del extraño vacío que había en la oficina. Normalmente, Josh estaba en su mesa más de una hora antes de que ella llegase, pero ese día su ausencia era algo patente.

Llegó a su mesa y sonó el teléfono.

–Callie, hoy voy a trabajar desde casa y necesito que entres en mi ordenador y me envíes algunos archivos.

Sorprendida porque no tuviera acceso desde su casa, Callie anotó los nombres de los archivos.

–¿Algo más? –preguntó decidida a mantener el mismo nivel de profesionalidad que había exhibido Josh.

–Sí –su voz bajó una octava–. No puedo esperar para verte, pero no me queda otro remedio que esperar a mi regreso de Sidney.

–¿Sidney? –dijo intentando disimular el placer que sus palabras le habían producido.

–Un viaje inesperado. Ya tengo el avión listo y estaré en el aeropuerto en un par de horas.

–¿Reestructuro tus citas? ¿Cuándo calculas estar de vuelta?

–Si todo va bien, mañana, quizá el miércoles por la tarde.

Callie recorrió mentalmente su agenda electrónica y movió sus citas para asegurar la menor perturbación posible.

–Bien.

–Estupendo. ¿Me echarás de menos?

Se quedó sin aliento. Claro que le echaría de menos, pero no podía admitirlo.

–Me dejará tiempo para ponerme al día –se escabulló.

Josh se echó a reír despertando desde su oído a su corazón una oleada de anhelo.

–No puedes admitirlo.

–¿Admitir qué? –siguió siendo deliberadamente ambigua.

–Que estás deseando verme otra vez. ¿Qué te parece cenar juntos el miércoles? Iremos a algún sitio privado e íntimo. ¿Te gustaría?

Dudó un momento antes de contestar. Claro que le gustaría. De hecho, se moría de ganas. Saber que iba a estar sola en la oficina dos días ya empezaba a decepcionarla.

–Sí, me gustaría. ¿Reservo algo en algún sitio? –dijo con voz extrañamente áspera.

–Yo me ocupo –respondió él en un tono que hizo la afirmación aún más íntima, como si se fuera a hacer cargo de un gran asunto más que de reservar una mesa para cenar.

El deseo recorrió sus venas en suaves oleadas y se sentó en su cómoda silla de oficina de un modo que carecía totalmente de prudencia.

El miércoles. Dos días, dos noches. Era una eternidad y estaba tan cerca... La anticipación de su vuelta iba a hacer que le subiera la fiebre y él lo sabía. Sólo ese sencillo hecho debería haberle hecho cambiar de opinión, rechazar su invitación, pero quería más. Lo quería a él.

–Te voy a buscar esos archivos. ¿Puedo acceder con mi huella dactilar y mi contraseña?

–Ya he hablado con Drew para que tu huella sirva para mi terminal, pero necesitas mi contraseña –dijo Josh antes de dictarle la combinación de números y letras que necesitaba.

Confiaba en ella lo bastante como para darle su contraseña. Sintió que se henchía de alegría. Pero de pronto la triste realidad cayó sobre ella como un mazazo: era la oportunidad de buscar lo que Irene esperaba de ella.

Apartó esa idea de su cabeza. Habían confiado en ella y no se atrevería a traicionar esa confianza. No cuando su instinto le decía que Josh Tremont era mucho más de lo que todo el mundo sospechaba. No cuando su corazón le urgía a obedecer a su instinto más que a su razón por primera vez en su vida.

En cuanto Josh puso fin a la conversación, atravesó la oficina y entró en el despacho de él. Se sentó en su silla y no pudo evitar notar la sensación de calor que atravesó su piel. Todo en esa habitación hablaba del hombre que era él, su presencia y personalidad estaban indeleblemente grabadas en el ambiente.

Se registró en el ordenador con su huella y la clave que le había dado. Contuvo la respiración mientras el sistema dudaba un momento antes de abrirse. Ya estaba dentro. Libre para mirarlo todo.

El mensaje que Irene le había dejado en el contestador la noche del sábado resonaba en su cabeza. Tenía la oportunidad, ya, de poner las cosas en claro y terminar con el asunto de una vez por todas. Primero, pensó, tenía que enviarle los archivos a Josh.

Una vez hecho eso y recibido el comprobante de la recepción de su mensaje, se debatió entre salir del ordenador y seguir mirando. En algún sitio del sistema quedaría registrado el tiempo que habría estado activa la terminal de Josh, pero la pregunta era, ¿se molestaría alguien en mirarlo? Obviamente, si salía y luego volvía a entrar en algún sitio, se encendería una luz roja, incluso aunque volviera a funcionar la clave de acceso. Sabía que las claves se cambiaban de modo aleatorio. Quizá la clave que le había dado no sería válida en una ocasión posterior.

Era su primera y su última oportunidad. Tenía que hacerlo, daba lo mismo lo contrario que fuera a su instinto. Su lealtad siempre había estado con Irene y estaba permitiendo que esa lealtad fuera puesta en duda por su respuesta emocional a un hombre que apenas conocía.

Respiró hondo y permitió que sus dedos volaran sobre el teclado. Hizo varias búsquedas con determinadas palabras clave. En poco tiempo tenía una lista de archivos que fue copiando en una memoria externa para poder estudiarlos en casa. Se prometió destruir la información en cuanto supiera que Josh era inocente de las acusaciones de los Palmer.

Por alguna razón, al llegar a casa se sintió reacia a encender el ordenador. Finalmente, sin embargo, después de comer algo y tomarse un té, encendió su portátil.

Un presentimiento se le manifestó con una sensación de ardor en la boca del estómago al introducir el lápiz de memoria en el puerto correspondiente. Una sensación de ardor que se incrementó cuando abrió cada archivo y ojeó su contenido. Josh Tremont parecía tener una terrible cantidad de información sobre la estructura y los planes de empresa de Palmer Enterprises para ser alguien que no trabajaba allí.

Sobre todo tenía una carpeta gigantesca sobre Bruce Palmer. Tenía con todo detalle lo que era público sobre él y, además, muchos detalles sobre lo que normalmente no se conocía. La cantidad de información rozaba lo obsesivo; desde luego, mucha más de la que se esperaría de un rival en los negocios, por muy competencia que fuera.

Se recostó en la silla y cruzó las manos en el regazo. Por las notas que había allí, la intención era muy clara: quería destruir Palmer Enterprises. Pero no tenía sentido. Claro, competían en un mercado saneado por los mismos trabajos, y en los negocios cada uno miraba por lo suyo, pero ¿por qué esa obsesión por poner de rodillas a Palmer Enterprises? Parecía ser algo mucho más profundo que la simple competencia. Había algo que daba miedo en lo sistemático del cerco de Josh. Como si hubiera declarado una guerra y estuviera trabajando en una estrategia que, una vez puesta en marcha, no se detendría hasta lograr el objetivo.

Bebió un sorbo de té con la esperanza de que eso calmara un poco su ansiedad y le deshiciera el nudo que sentía en el pecho.

A todos los efectos, el hombre por quien se había empezado a sentir atraída no era la persona que parecía ser. Sabía que Josh era una persona centrada y decidida y que trabajaba duro. Pero también había algo cálido e interesante en su interior que había tenido oportunidad de atisbar y que nunca había encontrado antes en nadie. Había un dolor oculto tras el educado exterior que mostraba al mundo. Un dolor que hablaba a algo de su corazón y la urgía a ayudarle a sanar del modo que pudiera.

Cerró las ventanas que había abierto y estaba a punto de apagar el ordenador cuando se dio cuenta de que había un archivo que no había mirado. Su nombre era inocuo, ni siquiera entendió por qué lo había bajado, pero había buscado archivos con la palabra «Palmer» en su nombre y ése estaba entre ellos.

Picó dos veces en el documento y esperó.

Recorrió con los ojos las líneas de texto y un zumbido de emoción empezó a hacer vibrar sus venas. Aquello era algo grande. Algo que Tremont Corporation tenía previsto para adelantarse a los Palmer con un innovador contrato nuevo en el extranjero. Haría a los Palmer morder el polvo.

Aunque no era lo que expresamente le había pedido Irene que buscase, su mente dio vueltas a todas las posibilidades. Si los Palmer tuvieran esa información, podrían adelantarse a nivel mundial. Y si Josh realmente estaba decidido a hundirlos, verse sobrepasado por ellos en su trabajo a ese nivel lo pararía tanto como un ataque al corazón.

A la mañana siguiente llamó a Irene antes de salir para la oficina y quedó con ella en el café favorito de la mujer para comer.

–He investigado el autor original de algunos de los documentos. No dedican mucho esfuerzo a ocultar sus pistas –Callie mencionó el nombre de uno de los prometedores estudiantes de Bruce.

–A Bruce no va a gustarle nada esto, pero no te preocupes. Nos ocuparemos de ello. Sentirá habernos vendido.

Irene pareció furiosa, pero se recompuso rápidamente.

–Todo lo que he encontrado está aquí –le pasó el lápiz de memoria.

Sintió una punzada de culpabilidad por lo que estaba haciendo, pero lo racionalizó, no era más de lo que Josh les había hecho a ellos. Se había permitido empezar a pensar que era un hombre distinto del que Irene le había advertido que era, lo que sólo demostraba lo listo y lo persuasivo que era.

–¿Eso es todo?

–Sí, todo lo que he podido encontrar. En serio, me he quedado conmocionada al ver la cantidad de información que ha reunido sobre tu familia, particularmente sobre Bruce. Seguro que eso no es lo normal cuando alguien quiere hundir otra empresa...

–No, a menos que esté buscando porquería que airear.

–Bueno, no ha encontrado mucho de eso –dijo Callie.

Irene metió el lápiz de memoria en el bolso y frunció el ceño con inquietud.

–Hay algo en ese hombre que aún me preocupa. Es una constante amenaza para nosotros y quiero saber por qué –le agarró a Callie una muñeca por encima de la mesa–. Vas a tener que acercarte más a él. Estar realmente cerca. La información que tienes que conseguir no va a estar en ningún disco duro. Será algo que guarde dentro de él.

El tono de Irene era de acero y la miró preocupada.

–Lo entiendo, Callie. Has ido muy lejos, pero tienes que recorrer el camino completo. Es la única posibilidad que tenemos para averiguar qué demonios hay detrás de todo esto.

¿El camino completo? Mientras su cabeza rechazaba la posibilidad de ser utilizada de ese modo, su corazón se aceleraba ante la idea.

–Haré todo lo que pueda, Irene –dijo apoyando la otra mano sobre la de la mujer–. Lo prometo.

Callie estaba en ascuas el miércoles mientras esperaba la llamada de Josh en la que le dijera que estaba de vuelta en el país. Había trabajado duro todo el día para no pensar y mantener a raya a sus hormonas que se habían alterado ante la perspectiva de verlo pronto.

Acababa de volver de la biblioteca central, donde había ido a dejar algún material de archivo con el que había terminado, cuando fue consciente del cambio de la atmósfera. Captó una intensidad y una energía de las que había carecido la oficina mientras él había estado fuera. ¿Había vuelto en el corto espacio de tiempo en que se había alejado de su escritorio?

–¿Callie? ¿Puedes venir a mi despacho?

Había vuelto. Se alisó el vestido sin mangas que llevaba y entró en su despacho. Mirándola, nadie adivinaría cómo le latía la sangre en las venas y lo conscientes de la presencia de él que eran todas sus terminaciones nerviosas.

Apenas había atravesado el umbral cuando unos fuertes brazos la rodearon y la abrazaron. Tuvo un atisbo de un brillo azul zafiro antes de que esos ojos se cerraran y su boca cayera sobre la de ella.

Al instante separó los labios para dejar libre acceso. Le pasó las manos por detrás del cuello, se acercó más a él y disfrutó de la sensación de su dureza contra su cuerpo mientras lo saboreaba con la lengua.

Habían pasado unos días desde que la había besado, pero parecía que habían pasado siglos.

Cuando Josh apartó suavemente sus labios de los de ella, deseó protestar, pero se contuvo de hacerlo. Los hombres como él amaban la conquista, dependía de ella dejarse atrapar.

—No me lo imaginaba —dijo él con voz profunda y el aliento un poco acelerado.

—¿Imaginar qué?

—Cómo sería tenerte entre mis brazos. Cómo responderías.

Le pasó los nudillos de una mano sobre los duros pezones que se notaban perfectamente a través del vestido de punto. Callie anotó mentalmente ponerse sujetadores acolchados para ir a la oficina.

—¿Y ha sido tan bueno como recordabas? —bromeó con una sonrisa.

—Mejor —respondió Josh también sonriendo y con ello haciendo que Callie sintiera una descarga eléctrica en su interior—. ¿Sigues disponible esta noche?

—Por supuesto —respondió ella sin dudarlo.

En más sentidos de los que él anticipaba, se dijo tranquila.

—Bien. Te recojo a las seis. Cenaremos pronto.

—¿Y después? —preguntó mirándolo intensamente a los ojos.

—Eso depende por completo de ti.

Capítulo Seis

El resto del día fue una carrera en la que Josh se puso al día en el trabajo por los días pasados fuera de la oficina. No dejó de dar órdenes a Callie, que se ganó cada céntimo del elevado sueldo que ganaba antes de poder recoger sus cosas y marcharse a casa.

Una embriagadora anticipación la llenaba mientras se duchaba a toda prisa y, una vez seca, se recogía el cabello en un moño en lo alto de la cabeza. Mientras se retocaba un poco el maquillaje, unos cuantos mechones le enmarcaban el rostro. Se estremeció por cada pequeño roce del pelo preguntándose cómo sería el tacto de los labios de Josh, de las yemas de sus dedos, a lo largo del cuello.

Contempló su reflejo en el espejo. En sus mejillas aparecía ya el suave rubor del deseo y sus ojos brillaban con una necesidad que siempre había sido capaz de mantener bajo control.

Una mirada rápida al reloj de la mesilla le recordó que tenía que darse prisa y no podía entregarse a ensoñaciones. Se puso unas bragas de encaje negro. Los pequeños brillantes bordados al encaje refulgían a la luz haciendo que una sonrisa ocupara sus labios. Siempre un poco urraca, reconoció. Después de tantos años de privaciones, Callie no sentía vergüenza al reconocer que le gustaban las cosas bonitas.

Y si se trataba de cosas bonitas... Dedicó un largo rato a pensar qué vestido se ponía. No sabía dónde irían a cenar, así que eligió uno negro con una gasa por encima que flotaba hasta las rodillas. El profundo escote hacía imposible llevar sujetador. Se ató las cintas del vestido detrás del cuello y se preguntó si no sería mejor elegir algo menos evidente.

El sonido del timbre de la puerta hizo que ese pensamiento no tuviera sentido. No tenía tiempo para cambiarse. Se puso unas sandalias negras y plateadas y corrió a abrir.

El corazón empezó a martillearle en el pecho al abrir la puerta. Devoró con los ojos a Josh cuando lo vio. Iba vestido todo de negro, desde los mocasines de los pies hasta la camisa abierta en el cuello.

Consiguió controlarse antes de relamerse, pero tenía que reconocer que estaba delicioso.

–¿Quieres entrar a tomar algo antes de que nos vayamos? –preguntó ella.

Había algo distinto en él esa noche. Un nervio en su autocontrol que no había sentido antes. La preocupación consiguió colarse en un rincón de su cerebro. ¿Habría descubierto que había mirado en su ordenador más datos de los que le había pedido por teléfono? Decidió apartar esa idea de su cabeza. Josh no era la clase de hombre que dejaba pasar una cosa así. Si lo supiera, ya le habría echado la bronca, estaba segura.

No, tenía que ser otra cosa. Quizá, pensó, estaba tan tenso por la anticipación de lo que podía suceder esa noche como lo estaba ella. Eran adultos, después de todo. Habían reconocido la fuerte atracción que había entre ambos y sabían perfectamente que se inflamaría cuando se besaran.

Sintió una fuerte sacudida dentro al pensar en ir más allá de los besos. La excitación hizo que el calor le llenara el cuerpo, y sus pechos sin contención se endurecieron y empujaron contra la fina tela del vestido. Sintió que la recorría con la mirada desde los zapatos hasta la cabeza. Finalmente contestó con la voz tensa por la contención:

–Mejor no, tal y como te veo ahora mismo, dudo que fuéramos a cenar.

Callie se quedó sin aliento. ¿Qué se podía responder a eso? Alzó la barbilla y trató de poner una sonrisa desenfadada en sus labios.

–Otra vez, entonces.

Cerró la puerta y caminó al lado de él hasta el coche sin tocarle pero dolorosamente consciente de su proximidad, de su fuerza.

–¿Vamos muy lejos?

–Al paseo marítimo.

–¿Algún sitio que conozca? –probó.

–Tendrás que esperar para verlo –dijo enigmático.

Callie se acomodó en el suave cuero del asiento del coche y trató de concentrarse en la música que sonaba en el reproductor de CDs, pero todos sus sentidos permanecieron pendientes del hombre que estaba a su lado. Se preguntó por qué iban a pasar por el ritual de la cena cuando estaba claro dónde terminarían. Aun así, supuso, salir a cenar ponía un punto civilizado en la evidentemente incivilizada corriente subterránea que recorría su cuerpo.

Se sorprendió cuando Josh, en lugar de dirigirse a la bahía, dirigió el coche al helipuerto de Mechanics. Aparcó, salieron del coche y la llevó de la mano a un helicóptero que esperaba.

El piloto se aseguró de que los dos tenían los cinturones de seguridad abrochados antes de despegar. Callie sintió que se le encogía el estómago cuando sobrevolaron el puerto.

–¿Dónde vamos? –preguntó a Josh.

–¿Siempre eres tan impaciente con los detalles? –contestó por los auriculares.

–Curiosa, no impaciente –corrigió.

Josh sonrió e hizo un gesto con la cabeza hacia la ventanilla.

–¿Satisfecha?

Callie miró en esa dirección y vio un enorme yate blanco con una H en la parte alta de la cubierta.

–¿Vamos a cenar en un barco?

–Espero que no te marees –bromeó.

–¿Planeas surcar los mares? –respondió siguiendo con la broma mientras se agarraba a los brazos del asiento al notar el descenso del helicóptero.

–Sólo un suave crucero alrededor del puerto mientras cenamos, después vuelta a Westhaven.

–¿Westhaven Marina? ¿Y tu coche?

–No conduciré. Un coche nos recogerá allí y nos llevará a casa más tarde. No te preocupes, todo está organizado. No eres la única que tiene capacidad para hacer esas cosas.

Bajaron del helicóptero y sintió un profundo alivio al notar el suelo firme de la cubierta del barco. Sólo entonces se dio cuenta de lo grande que era el yate. Tendría más de treinta metros.

–Esto es tuyo, ¿verdad? –preguntó mientras bajaban por una escalera de caracol a la cubierta principal.

–No, lo alquilo de vez en cuando.

Sintió una punzada de envidia por las demás mujeres a las que habría llevado allí «de vez en cuando», pero después se dijo que eso era una tontería. Era un hombre de mundo, un hombre de mundo realmente impresionante. Habría habido mujeres en su pasado, seguramente muchas. Pero en ese momento, ella era la que estaba con él y disfrutaría todo lo que pudiera mientras durase, porque una vez que descubriera la verdad de por qué trabajaba para él, y sabía que eso sucedería antes o después, los recuerdos de noches como ésa sería todo lo que le quedaría.

La tarde era perfecta. La luz del atardecer brillaba sobre el agua como una caricia. A lo lejos una bandada de pájaros aún surcaba el cielo y los barcos de vela o motor salpicaban las aguas del puerto. Una suave melodía de guitarra clásica danzaba en el aire proveniente de un sistema de sonido que no se veía y Callie se sumergió en el lujo de un modo que, por una vez, hizo que se sintiera completamente bien.

Un camarero de uniforme, de pie al lado de una barra de madera tallada, descorchó una botella de champán cuando llegaron a la cubierta principal.

–Me he tomado la libertad de pedir un poco de champán. Esta noche no tienes que conducir –le dijo suavemente al oído haciendo que un estremecimiento le recorriera el cuerpo.

–Gracias. No creo haber probado esa marca antes.

–Entonces, prepárate a disfrutarla.

Josh tomó las dos copas que había llenado el camarero, que desapareció dentro de un camarote dejándolos solos en cubierta. Ofreció a Callie una de las copas y después la tocó suavemente con el borde del cristal de la suya.

–Por que nos conozcamos mejor –dijo sencillamente.

–Por conocerte mejor –respondió ella y se llevó la
copa a los labios.

Tenía razón. Era una delicia saborear el dorado
líquido. Se alegró de haberse vestido así para la velada. El lujo que la rodeaba no se merecía menos.

Al levantar la mano para beber otro sorbo, la tela
del vestido rozó suavemente sus pezones haciendo
que una oleada de deseo recorriera su cuerpo. Jamás
antes había sido tan consciente de su cuerpo, ni se
había sentido tan compenetrada con su acompañante. Aunque, a decir verdad, desde el primer minuto
que había puesto los ojos en Josh Tremont, incluso sabiendo de lo que era capaz, se había sentido atraída
por él a un nivel puramente instintivo.

Josh hizo un gesto en dirección a una rinconera
de sofás que había junto a una mesa baja.

–¿Nos sentamos?

En respuesta, Callie caminó hacia los asientos
consciente a cada paso de que él iba pocos centíme-
tros más atrás. Podía notar el calor de su cuerpo aunque no la tocara.

El camarero volvió con una bandeja plateada llena de elaborados canapés.

–Déjela en la mesa –le dijo Josh.

–Claro, señor. El chef me ha pedido que le diga
que la cena estará lista en media hora.

–Gracias. Eso es todo por ahora.

Hizo una pequeña reverencia y se retiró.

A pesar del ronroneo del motor en la parte inferior de la embarcación, lo que indicaba que había
más gente a bordo, al menos para pilotar el yate, Ca-

llie tenía la sensación de que el mundo se había encogido hasta el punto de contener sólo a Josh y a ella. La sensación hacía que se sintiera al mismo tiempo nerviosa y excitada. Desesperada por llenar el silencio que había quedado en el aire, hizo un comentario sobre los canapés.

–Déjame que elija por ti –dijo Josh con una sonrisa.

Sin esperar su respuesta, eligió un *crostini* con trocitos de calamar sobre lo que parecía una crema de queso y cebolla fresca. Obediente, Callie abrió la boca y él deslizó el canapé dentro.

La miró masticar y tragar. Algo caliente se instaló dentro de él cuando ella se pasó la lengua por el labio superior.

–Delicioso –dijo ella con voz ronca.

–¿Otro? –consiguió decir con una garganta súbitamente inflamada por el deseo.

Su idea había sido cortejarla esa noche. Lentamente, hábilmente, con todas las sensuales armas de su considerable arsenal, antes de llevar la noche a su inevitable clímax. Sonrió al pensarlo, pero de pronto sólo deseaba saltarse todos los cumplidos e ir derecho al grano, o, mejor dicho, al camarote principal que los esperaba bajo cubierta.

Se había concentrado en poner freno a sus deseos y bajar un poco el nivel de su reacción ante ella, para poder saborear cada segundo de esa compleja coreografía. Pero le costaba más de lo que había previsto.

–Mi turno primero.

Callie lo sorprendió tomando la iniciativa al sacarle ventaja eligiendo un canapé y llevándolo a sus labios. Las ventajas en los asuntos personales, como

71

en los negocios, podían ser fácilmente echadas a perder por la inexperiencia, decidió él, mientras aceptaba la delicia en la boca y cerraba los labios sobre los dedos de ella y los lamía.

El jadeo de sorpresa de ella quebró el aire mientras retiraba la mano y la dejaba en su regazo. No podría decir más tarde qué era lo que le había dado de comer, pero podría describir con todo detalle la expresión de su rostro.

Sus ojos parecían enormes, las pupilas dilatadas. Una ligera pizca de color tiñó sus mejillas y bajó hasta la delicada línea del cuello. Bajo la fina tela del vestido, el pecho subió y bajó, como si no tuviera suficiente aire en los pulmones.

Fue la primera en romper el contacto visual y él vivió esa silenciosa victoria con una profunda sensación de triunfo. Sí, esa noche iba a ser espectacular. Respondía tan bien, tan abiertamente… En el mundo en que él vivía, semejante transparencia era una novedad, algo que pensaba saborear.

No había fingimiento en Callie. Notaba en cada mirada, cada estremecimiento, cada rubor de su piel, lo que sentía y lo mucho que le gustaba. Pensarlo era embriagador, mucho más que el excelente champán.

Era el momento de bajar un poco el termostato, sin embargo, y decidió volver a la conversación sobre temas generales para ofrecer un respiro a su deseo que amenazaba con dejar en entredicho su legendaria frialdad.

–Estabas un poco nerviosa en el helicóptero ¿Te da miedo volar? –probó mientras ella bebía un sorbo de champán.

La contempló mientras dejaba la copa en la mesa

notando cómo los rayos del sol hacían brillar la humedad de sus labios. Suficiente para volverlo loco. Hizo un gran esfuerzo para no acercarse a ella y recorrer esa humedad con la punta de la lengua y después deslizarla dentro de su boca y disfrutar del sabor del champán que quedara en ella. Sería tan fácil…

–Miedo no, pero nunca he volado muy relajada. Tengo la sensación de no controlar la situación y eso me pone de los nervios.

–No confías fácilmente, ¿eh?

Le agarró una de las manos y le acarició la parte interior de la muñeca con el pulgar. El pulso respondió a sus caricias con una agitación repentina.

–No.

Se soltó la mano como para tomar otro canapé, pero él supo que era para distanciarse de su pregunta. Y lo que no dijo fue lo que le intrigó.

–Pero confiabas en los Palmer.

–¿Por qué me preguntas eso? –su mirada se aguzó.

–Bueno, pasaste una temporada en uno de los hogares de Irene y después has trabajado para ellos hasta ahora. Eso supone un cierto nivel de confianza.

–¿Te preocupa?

–No, en absoluto. ¿Confías en mí?

–¿Debería? –se escabulló, lo miró a los ojos y después apartó la mirada.

Josh sonrió a medias.

–¿Qué he hecho para que no confíes?

–Eso, ¿qué? Quizá debería preguntarte yo lo mismo a ti. ¿Confías en mí?

–¿Te habría contratado si no? No te preocupes, Callie, confío en ti.

Volvió a mirarlo. Se maldijo a sí mismo en silencio

por haber estropeado el ambiente. Una conversación sobre temas generales era una cosa, pero en ese momento prefería la electricidad que había habido entre ellos un momento antes.

–Baila conmigo –dijo poniéndose de pie y tendiéndole una mano.

–¿Es necesario ahora? –eludió la petición mientras colocaba la mano en la de él.

–Oh, sí, es absolutamente necesario –sonrió–. ¿Qué sería de una velada como ésta, navegando, si no sacáramos lo más posible de cada segundo?

La atrajo hacia él. Estaba más que un poco excitado, un estado al que se había acostumbrado al estar en su proximidad y que no temía que ella conociera. Advirtió el momento en que ella sintió su deseo y la notó ponerse rígida antes de relajarse otra vez. Mientras sus pasos se movían perfectamente sincronizados por la cubierta, se aseguró de que ella se diera cuenta de que ese baile sólo era el principio de lo que vendría después esa noche.

Sus pechos rozaban el pecho de él confirmando con cada movimiento su sospecha de que no llevaba sujetador. Hizo un gran esfuerzo para contenerse y no desabrocharle el nudo que llevaba detrás del cuello y dejar que la tela cayera exponiéndola a su vista, a sus manos.

El aroma de su perfume provocaba a sus fosas nasales. Era un perfume más embriagador que el que normalmente usaba para ir a la oficina, que era muy suave y simplemente reforzaba su feminidad. Pero esa fragancia decía mucho más.

Inclinó la cabeza e inhaló su aroma más profundamente, recorrió con los labios la curva donde el cuello se unía a los hombros. Callie tembló, pero supo que no era de temor. Los pezones se endurecieron contra su camisa. Saber que sólo dos finas capas de tela separaban sus pieles era al mismo tiempo un tormento y un placer.

Recorrió el perfil de su cuello con besos. El fuego ardía en sus venas al oírla gemir de placer. Atrapó ese sonido con la boca cerrando los labios sobre los de ella y deslizando la lengua en su boca.

Estaba duro como una roca y su cuerpo temblaba de deseo contenido. Con sólo un beso lo llevaba a un límite al que ninguna mujer lo había llevado nunca. La deseaba con una pasión que rayaba la compulsión. Arrancó los labios de su boca y apoyó su frente en la de ella.

—¿Cuánta hambre tienes? —preguntó con voz estrangulada.

—¿De cenar? —replicó ella. Sacudió la cabeza—. No mucha.

—¿Y de mí?

—Me muero de hambre.

Capítulo Siete

Con ella pegada a su costado, Josh hizo una llamada a la cocina para pedir que la cena se retrasase hasta nueva orden. Callie sabía que en cierto sentido debería sentirse avergonzada. Él había dejado claro a la tripulación cuáles eran sus intenciones, pero sólo podía pensar que lo que harían supondría un alivio de la latiente ansia que la inundaba.

La guió por el interior del barco. Al final de unas escaleras la soltó para abrir unas puertas de brillante madera.

El camarote era suntuoso en todos los sentidos. La luz entraba por un ventanuco que había en el otro extremo haciendo que diera la impresión de que estaban totalmente solos en su propio nido de lujo lejos de la costa. Callie sintió un estremecimiento de anticipación al contemplar la enorme cama delante de ella. Un estremecimiento al que rápidamente siguió una oleada de temor.

¿En qué estaba pensando? Aquello era una locura. Llevaba dos semanas y media trabajando para Josh, había salido con él sólo un día y ¿se iba a acostar con él? Jamás se había comportado así de compulsivamente antes. La diferencia entre su cuidadoso estilo de vida los últimos años y lo que estaba a punto de hacer clamaba al cielo.

–¿Josh? –dijo con una voz que mostró todas sus dudas.

–No pienses –dijo rodeándola con los brazos y besándola de nuevo–. Sólo siente.

Mientras la besaba, se intentó agarrar a la razón un segundo, después la arrastró una marea de un deseo que jamás había experimentado de un modo tan profundo. Cada nervio de su cuerpo, cada pensamiento de su mente, se concentró en Josh y el modo en que la tocaba.

Unas anchas manos recorrieron su espalda desnuda, los dedos se enredaron en los bordes de los tirantes atados en la nuca. Unos segundos después sintió aflojarse la tela del vestido. Josh se separó de ella y la miró.

–Llevo toda la tarde deseando hacer esto.

Callie se rió y el sonido retumbó en el camarote.

–Pues no es mucho esperar –bromeó.

Pero el tono humorístico desapareció cuando él sonrió y bajó las manos llevándose con ellas la tela que deslizó rozando su piel de un modo sensual. Se le entrecortó el aliento al irse sintiendo progresivamente desnuda ante sus ojos, al ver cómo éstos se oscurecían hasta volverse color índigo y su mandíbula se tensaba hasta convertir sus labios en una fina línea.

Josh no dijo nada, no hizo absolutamente nada... excepto mirar. La inseguridad la asaltó un momento hasta que las manos de él cubrieron los pálidos globos que eran sus pechos, sus pulgares acariciaron los duros pezones arrancando con ello un gemido de deseo de su garganta. La presión de los dedos se incrementó y ella se apoyó sobre las manos deseando más.

Josh inclinó la cabeza y atrapó un pezón con los labios. Lo mordisqueó ligeramente. Callie pensó que se le doblarían las piernas y que los dos acabarían sobre la alfombra.

–Te gusta –dijo él con un aliento que era una caricia.

–Sí –gimió.

–¿Quieres más?

–Más, por favor.

Mientras dedicaba la misma atención al otro pezón, encontró la cremallera del vestido. En un momento lo deslizó por las caderas y la prenda acabó en el suelo convertida en una masa de pliegues oscuros. Se alejó de ella y la miró casi completamente desnuda. El impresionante bulto en la parte delantera de los pantalones decía a gritos lo afectado que estaba por lo que veía.

A pesar de que sólo llevaba unas bragas de encaje negro y sandalias de tacón, Callie se sentía invulnerable. No era la única arrastrada por esa marea de atracción. No era la única que había dejado que el viento se llevara la razón y que se había entregado a las sensaciones.

–Una cosa más –dijo Josh buscando la pinza que le sujetaba el pelo.

Cuando el cabello cayó como una cascada, la tomó en brazos y atravesó la distancia entre la puerta y la cama en dos zancadas. Apartó la colcha con una mano y la depositó encima del fresco algodón de las sábanas. Callie se incorporó para quitarse las sandalias.

–Deja eso –le ordenó Josh mientras se desabrochaba la camisa y el cinturón del pantalón.

Callie oyó el sonido de sus zapatos al caer mientras

se quitaba la camisa y se bajaba los pantalones y la ropa interior en un solo movimiento.

Y allí estaba, gloriosamente desnudo, su orgullosa erección asomando del vello negro que cubría la parte baja de su vientre. Cerró los puños sobre las sábanas mientras recorría su cuerpo con los ojos, el liso vientre, el musculoso pecho. Deseó tocarlo. Lamer y saborear su piel, rodear su sexo con las manos y acariciar el inflamado extremo a punto de estallar. Pero Josh tenía otros planes.

La agarró de los tobillos y le separó las piernas, lentamente colocó su cuerpo entre ellas. Recorrió con una mano una pierna hasta el hueco de su sexo donde depositó un beso antes de bajar por la otra pierna hasta llegar al pie. Le dobló la rodilla y se pasó su pie alrededor de la cintura antes de hacer lo mismo otra vez por el otro lado.

Esa vez la sensación de sus besos contra la piel le hizo pensar que la cama volaba. La energía se acumulaba en un apretado nudo en la unión de sus muslos que ansiaba ser acariciado, pero él se seguía manteniendo lejos de su cuerpo. Callie buscó con una mano el trozo de encaje que se interponía entre los dos, pero Josh se la agarró y la apartó a un lado.

–Aún no –murmuró él–. Es lo único que ahora mismo me permite mantener el control.

–¿Qué pasa si yo no quiero control, qué pasa si te quiero a ti? Ya.

Callie alzó los labios suplicantes. Conducida por un deseo que ansiaba saciarse con desesperación.

–¿Así? –se inclinó hacia delante y unió sus labios con los de ella.

A través de las bragas notó el calor y la dureza de

su sexo. Se frotó contra él cerrando los tobillos para que no pudiera escaparse y disfrutó de la sensación de dureza contra su anhelante carne.

–Oh, sí –suspiró.

–Pronto, pero primero...

La agarró de las manos y bajó su pecho hasta el de ella. Notó el sólido calor de su cuerpo antes de que su pecho rozara los pezones. Trató de soltarse. Quería rodearlo con los brazos, abrazarlo, absorber su calor, su deseo. Se incorporó y echó la cabeza hacia atrás exponiendo la curva del cuello y él la recorrió con sus ardientes besos hasta que llegó a los pechos, donde dedicó su tiempo de un modo equitativo a cada pezón.

Una descarga eléctrica la recorría con cada embestida de su boca. Maldición, estaba cerca. Nunca antes había estado tan cerca sin una estimulación directa. Flexionó las caderas desesperada por alcanzar esa cumbre que atisbaba en el horizonte y gimió en protesta cuando él redujo la intensidad del asalto a sus sentidos y empezó a recorrer un camino hacia la parte baja de su cuerpo.

Finalmente le soltó las manos, la agarró por las caderas y le levantó la pelvis. Ella dejó caer las piernas de la cintura de él y las abrió por completo. Lo agarró de los hombros mientras la boca de él se detenía en el monte de Venus haciendo que su cálido aliento le atravesara el encaje de las bragas y llegara a la zona más sensible de su cuerpo mientras la ponía en órbita al mismo tiempo.

Daba lo mismo lo que hiciera, dónde tocara, estaba completamente encendida. Cada célula de su cuerpo sintonizaba con sus acciones, cada terminación nerviosa con sus caricias. Su mente se concentraba sólo en él.

Por fin le bajó las bragas por las piernas y se las quitó. Después, a un ritmo tan lento que resultaba doloroso, le quitó las sandalias besando cada pie después de liberarlo.

Callie no sabía que pudiera tener tantas zonas erógenas. Un roce, una caricia era bastante para encenderla. Sólo podía pensar en qué sería lo siguiente.

Fue vagamente consciente de que Josh recogía los pantalones del suelo, sacaba un paquete cuadrado, abría algo y se lo ponía. Después volvió al lugar que ocupaba entre sus piernas, su pelo rozó el interior de sus muslos cuando se inclinó a besarla de un modo tan íntimo. Primero fue suave, con puntuales intervenciones de la lengua que giraba sobre el punto más sensible de su sexo. Cuando cerró la boca alrededor del sobresaliente capullo y succionó, se vio arrastrada más allá del límite de la razón y entró en una salvaje conflagración, una espiral que la llevó una y otra vez más allá del paroxismo del placer.

Apenas había empezado a recobrar el sentido cuando notó la dureza de su erección en su entrada. Se abrió para él, dándole la bienvenida a su cuerpo, a su alma.

La postconmoción de su orgasmo pronto se convirtió en algo más fuerte cuando él empezó a entrar y salir de ella, embistiendo mientras contemplaba cómo su rostro pasaba de la satisfacción al deseo de nuevo.

Esa vez la llevó al límite más deprisa que la anterior. La presión de su cuerpo, las largas y profundas embestidas, culminaron en una serie de oleadas de sensación de plenitud que la recorrieron una y otra vez. Se tensaron todos los músculos de su cuerpo mientras él seguía dentro de ella cada vez más profundamente hasta que perdió por completo la noción de dónde acababa ella y empezaba él. Y entonces, cuando supo que él ya no podría dominar la marea más tiempo, notó la fuerza de su orgasmo estallar dentro de ella. Un rugido de plenitud escapó de su garganta mientras seguía moviéndose sobre ella una y otra vez, llevándola al verdadero olvido de la bendición sensual.

Callie se movió y de inmediato notó que los brazos de él se tensaban sobre su cuerpo completamente extendido sobre la cama. Por la ventana ya sólo entraban unos rayos color malva.

Llevó una mano al abdomen de él y empezó a acariciarlo con la yema de los dedos. Notó que se le erizaba la piel. Bajó un poco más la mano y enredó los dedos en el vello que cubría sus genitales hasta llegar a su sexo. Lo rodeó con los dedos y empezó a recorrerlo de arriba abajo. Apretando un poco más en la punta y aflojando la mano al continuar con el recorrido.

Josh abrió los ojos a la mitad mientras ella seguía acariciándolo. Su tono cerúleo era la única prueba del esfuerzo que hacía por controlarse. Callie se deslizó por su cuerpo y se puso de rodillas.

Se inclinó y tocó la punta de su sexo con la lengua antes de abrir la boca y recibirlo dentro sin dejar de recorrerlo con la mano. Notó cómo se tensaban los muslos de Josh y dejó su sexo entrar un poco más, incrementó el ritmo alternando la presión de la boca y las caricias con la lengua.

Cuando él alcanzó el orgasmo, un gigantesco estremecimiento recorrió su cuerpo y sacudió la cama en total contraste con el tenso control que había mantenido sobre su cuerpo mientras ella había maniobrado sobre él. Y, mientras las últimas oleadas de placer lo recorrían, Callie conoció una sensación de plenitud que no había experimentado antes. Lo había llevado hasta eso. Le había dado una última satisfacción.

Josh la rodeó con sus brazos y alineó su cuerpo con el de él, le acarició la espalda mientras ella se frotaba contra su pecho.

–Supongo que deberíamos sacar al chef de su abatimiento y cenar –dijo él finalmente.

El estómago de Callie rugió en respuesta arrancando una carcajada a Josh.

–Eso lo confirma.

Estiró perezoso un brazo y tomó un teléfono que había en la mesilla. Sus instrucciones fueron breves y precisas. Se servirían ellos mismos en el comedor de la cubierta y no querían ser molestados por nadie.

Callie se levantó de la cama y fue a recoger la ropa. Josh llegó por detrás y sus manos la detuvieron.

–No te preocupes por eso. Hay albornoces y batas en la suite. Me encanta la idea de sentarme delante de ti sabiendo que no llevas nada debajo.

–Tampoco es que llevara mucho antes –dijo Callie dirigiéndose al cuarto de baño.

–Lo sé –dijo Josh siguiéndola–. Me estaba volviendo loco.

–¿Y con esto no? –dijo saliendo de nuevo al dormitorio con una bata de satén verde esmeralda.

La suave tela se deslizaba sobre su piel haciendo que su tacto provocara sensaciones que de inmediato se tradujeron en la clara definición de los pezones bajo la tela. Los ojos de Josh repararon en ellos. Increíblemente, Callie notó que se endurecían aún más.

–Sí, me va a volver loco.

Callie le tendió el albornoz de felpa negra que había elegido para él.

–Entonces será mejor que te pongas esto. Podemos torturarnos mutuamente.

Se metió las manos en los bolsillos y lo miró ponerse el albornoz.

–¿Sí? –dijo buscando la mano de ella.

Le pareció lo más natural del mundo salir de la mano de él. Los dedos enlazados y el calor de la palma abrasando la suya. Unidos.

En el comedor principal estaba preparada una mesa íntima para dos, una nueva botella de champán en un cubo de hielo y una miríada de velas por todas partes.

Cuando terminaron con el salmón ahumado con salsa de chiles dulces y verduras braseadas, Callie estaba sobre ascuas. Las incitantes visiones que tenía del pecho desnudo de Josh cuando se inclinaba hacia delante en la mesa la distraían de la sabrosa cena y la hacían demasiado consciente de la tensión que volvía a crecer dentro de ella.

Tensión que le hacía moverse con frecuencia en el asiento para aliviar el insistente latido que notaba entre las piernas. La tensión la había hecho demasiado consciente del movimiento de los músculos de la garganta de Josh. De las venas de sus manos cuando pinchaba algo y se lo llevaba a la boca. Era tan metódico con la comida como lo era con todo lo demás.

Pero ya sabía cómo hacer para hacerle perder el legendario autocontrol y el cinturón de la bata empezaba a aflojarse. No hizo ningún intento de volver a apretarlo.

El postre se olvidó pronto cuando por mutuo acuerdo se levantaron de la mesa. La distancia entre el comedor y el camarote se convirtió en una serie de movimientos borrosos mientras el deseo mutuo tomaba posesión de sus cuerpos.

Estaban aplastados en el confín de una limusina privada con los dedos aún entrelazados. Era como si, aún disfrutando el sabor del otro, ninguno pudiera soportar romper la conexión entre ellos. Era más de medianoche y, aunque físicamente estaba exhausta, Callie jamás se había sentido con más energía mental.

Habían terminado el crucero por el puerto apoyados en la barandilla de cubierta agarrados de la cintura. Resultaba dulce y amargo al mismo tiempo saber que la velada llegaba al final, pero incluso lo perfecto tenía sus límites. Su retorno a la realidad era tan necesario como poco apetecible. Como Josh había dicho, un coche los esperaba en la Westhaven Marina donde los dejó el barco. En ese momento ese coche se dirigía a casa de Callie.

–Pasa este fin de semana conmigo.

La irrupción de la voz de Josh en el silencio del coche la sorprendió.

–¿Quieres que me quede en tu casa?

Su corazón dio un salto de alegría por la oportunidad, pero su cabeza le pidió precaución.

–¿No quieres?

–No he dicho eso.

–Bien, entonces arreglado. Puedes dejarte el coche en el trabajo el viernes y nos vamos juntos a mi casa en el mío.

–¿No se dará cuenta la gente?

–¿Te preocupa? –se llevó una mano de ella a los labios y se metió un dedo en la boca–. Quiero algo más que sexo impresionante contigo, Callie.

Gimió cuando los labios rodearon su dedo y la lengua acarició la yema.

–¿No te gustaría explorar dónde nos lleva esto?

–Sí.

Un estremecimiento le recorrió el cuerpo. No habría creído que fuera posible, pero lo deseaba otra vez. Había pensado que su cuerpo estaba tan cansado, tan saciado, que no podría querer más. Se había equivocado. Pero por empapada por el deseo que estuviera, la razón le recordaba que, al margen del placer, se suponía que tenía que explorarlo. A Josh Tremont, el hombre.

–Sí –respondió, en esa ocasión con mayor firmeza–. Me gustaría.

–Excelente. No te arrepentirás.

Pero cuando la limusina se detuvo frente a su casa y Josh la acompañó a la puerta, Callie experimentó un profundo mal presentimiento y pensó que sí lo haría.

Capítulo Ocho

Los siguientes dos días se hicieron interminables, Josh se los pasó encerrado con consejeros interculturales y los jefes de su departamento legal. Aunque de día sólo los separaban unos metros, Callie se sentía como si estuvieran en mundos aparte. Si no hubiera sido por los breves momentos en que sus ojos se encontraban y sus manos se rozaban cuando le entregaba algún documento, habría empezado a preguntarse si no se había imaginado su idílica noche.

Cada vez que miraba por el enorme ventanal del despacho de él y veía el puerto, recordaba lo que habían compartido y quería más. Mucho más. Y eso era muy peligroso porque por mucho que se estuviera enamorando de él, tenía que recordar la promesa que le había hecho a Irene. Tenía que recordar que Josh amenazaba a los Palmer con cada movimiento empresarial que había hecho y tenía que descubrir el modo de detenerlo.

Había hecho saber a Irene que pasaría el fin de semana con él y su mentora había expresado su aprobación.

–Asegúrate de averiguar todo lo posible –había insistido–. No dejes ni una piedra sin volver.

Finalmente eran las cinco de la tarde del viernes y Callie estaba terminando el proceso de hacer copias de seguridad de todo, cuando se le erizó el vello de la nuca y una profunda sensación de alerta empapó su cuerpo.

–Pensaba que esta semana no iba a terminar nunca.

Los labios de Josh estaban al lado de su oreja y se estremeció entera cuando la besó en el cuello. Giró la silla en la que estaba y la puso de pie, la rodeó con sus brazos y la besó como un hombre al que se le hubiera negado todo contacto humano una larga temporada.

Callie se entregó al abrazo. Sabía perfectamente cómo se sentía él.

–Vamos –murmuró sin separar los labios de los de ella–. O puede que no llegue a casa.

Todos los músculos de su cuerpo se tensaron por la oleada de excitación que la recorrió entera. Si se lo hubiera pedido, se habría dejado poseer encima de la mesa, el suelo, cualquier sitio lo bastante largo para aplacar la necesidad que sentía dentro. Menos mal que él había mantenido la distancia esos días porque si no, habría sufrido una crisis y no habría sido capaz de hacer su trabajo.

–Mis cosas están en el maletero de mi coche –respondió ella.

Bajaron juntos en el ascensor hasta el aparcamiento subterráneo, donde sacaron las cosas del coche de ella antes de dirigirse al Maserati y marcharse a St. Heliers.

El tráfico en el paseo marítimo era denso, así que cuando Josh abrió el garaje de su casa con el mando a distancia, estaba al borde de la fiebre por el deseo de subir en brazos a Callie a su dormitorio. Si no hubiera sido por el asunto de los preservativos, habría descartado su habitación en favor de cualquier superficie plana. Hizo la anotación mental de que eso no volviera a ser un problema en el futuro.

Agarró la bolsa de ella y la tomó de la mano, desconectó la alarma, subieron las escaleras y se dirigieron a su habitación.

Casi odiaba el insaciable deseo que despertaba en él cuando estaba cerca. Lo odiaba y lo ansiaba con igual fuerza. Su unión física era una inesperada, y muy bienvenida, adición a su relación laboral y Josh sabía que llevaría un tiempo considerable apagarla.

Callie lo agarró en cuanto estuvieron en la habitación, le quitó la chaqueta y el cinturón de los pantalones. Él se desprendió de la corbata mientras ella le desabrochaba los botones de la camisa. Al segundo las manos de ella estaban en su pecho. Rugió cuando le pasó las uñas por los planos pezones.

Rápidamente reemplazó las uñas por la boca, los dientes arañaron suavemente la tersa piel mientras sus manos se deslizaban por el abdomen hasta la cintura de los pantalones. Sintió cómo éstos se bajaban y una mano se deslizaba dentro de los calzoncillos y después notó cómo ella dejaba en libertad su erecto sexo mientras sus dedos lo rodeaban con la presión justa.

Josh buscó debajo de su vestido. Alzó la tela por encima de los muslos y las caderas hasta encontrar el trozo de nada que ella llamaba ropa interior. Deslizó sus dedos entre los labios vaginales y rugió al notar la humedad. Frotó la sensible piel y recogió con sus labios el gemido de ruego que emitió ella cuando frotó con más fuerza.

La fue empujando hacia atrás hasta que notó que las rodillas de ella se doblaban al encontrarse sus piernas con la cama. Cayó lentamente encima de la cama y Josh abrió el cajón de su mesilla, sacó una caja de preservativos y vació su contenido en la cama.

Callie soltó una carcajada al ver lo que había hecho y él respondió con una sonrisa, pero se puso completamente serio cuando se colocó en la entrada de ella. Maldición, pensó, había decidido tomárselo con calma con ella ese fin de semana. Hacer que cada segundo, cada caricia contase. Pero la fiebre que henchía sus venas demandaba ser satisfecha allí mismo y ya.

Se lanzó en su acogedor calor y notó cómo los músculos de ella se contraían sobre su sexo de terciopelo. Casi se perdió en ese momento, pero de algún modo fue capaz de reunir la fuerza para retirarse y volver a casa otra vez, y otra, hasta que el grito de satisfacción de ella hizo vibrar el aire y pudo entregarse con todo lo que tenía.

Una oleada tras otra lo recorrió y cayó rendido sobre ella jadeando y con el corazón latiendo como si hubiese corrido un maratón. Le succionaba todo lo que tenía dentro como no lo había hecho nunca ninguna mujer. Cuando fue capaz, giró y se colocó en la cama al lado de ella. Finalmente consiguió incorporarse y apoyarse en un codo.

—¿Estás bien? —preguntó apartándole un mechón de cabello de la cara.

Estaba tumbada bocarriba, mirando el techo, con las piernas abiertas y el vestido en la cintura.

—No creo haber estado mejor en toda mi vida —respondió girando la cabeza para mirarlo—. ¿Cómo podría no estarlo?

Josh sonrió lleno de orgullo.

—Tenemos todo el fin de semana para descubrirlo. Vamos, podemos darnos una ducha rápida y después ver qué cenamos.

Se sentó, se quitó los zapatos y los calcetines sonriendo sincero por el aspecto que tenían los dos recién llegados a casa. Se quitó los pantalones y la camisa y ayudó a Callie con el vestido y el sujetador. Fueron juntos al cuarto de baño de mármol crema y dorado y Josh abrió los grifos de la gran ducha doble.

Lenta y tiernamente la bañó, teniendo un cuidado especial entre las piernas, recorriendo con las manos llenas de jabón sus pechos recreándose en su redondez antes de aclararla toda entera y empujarla fuera del cubículo de la ducha.

–Si no te vas ahora mismo, no seré responsable de mis actos –le explicó.

A través del vapor la miró secarse y volver desnuda a la habitación. Abrió más los grifos de agua fría y permaneció bajo el afilado aerosol hasta que se consideró capaz de coincidir con ella en el dormitorio y no empujarla a la cama para un segundo asalto.

Control. Contención. Habían sido sus lemas desde que recordaba, y Callie Rose Lee los había hecho añicos. Algo que tampoco le preocupaba mucho, aunque debiera hacerlo. Había jurado que no se establecería en la vida hasta que vengase el sufrimiento de su madre e hiciera pagar a su padre por su abandono, pero gracias a Callie empezaba a pensar si ese plan de vida no necesitaba una revisión. Quizá había sitio en su vida para hacer las dos cosas. Ciertamente, era algo que tenía que explorar, decidió.

La mañana del sábado se puso a llover y como Josh se había excusado para poder atender una llamada urgente de Europa, Callie se encontró con algo de tiempo para ella y muy poco que hacer.

Paseó por el piso de abajo de la casa, por el salón que daba a la piscina en la que habían cenado una semana antes. Sacudió la cabeza. Una semana. Le parecía mucho más tiempo.

Su cuerpo parecía estar totalmente de acuerdo. Ya echaba de menos la cercanía de Josh con dolor físico... o quizá eso tenía más que ver con que su cuerpo había sido utilizado concienzudamente, deliciosamente durante las horas de la noche. Una sonrisa iluminó sus labios.

Había disfrutado de cada segundo de esa noche. Después de vestirse habían ido a la cocina, donde habían preparado juntos la cena, habían sacado los platos a la terraza y se habían sentado al lado de la piscina. Con el plato en el regazo y una copa de vino en el suelo, habían cenado en un silencio agradable antes de volver a entrar en la casa.

Habían empezado a ver una película, pero el suave roce de los dedos de él en el dorso de su mano no había tardado en poner en marcha su deseo una vez más. No habían llegado al dormitorio y la ropa ya estaba en la alfombra. Callie tenía que reconocer que había disfrutado de los creativos preliminares en un amplio sillón de brazos, antes de que Josh la bajara al suelo y hubiera cabalgado sobre él hasta haberlo llevado a un incendiario clímax.

Incluso en ese momento, el recuerdo hacía que se removiera algo dentro de ella. Algo que no se había permitido sentir antes. Algo que se parecía hasta dar miedo al principio del amor.

«No seas loca», se dijo implacable, «no puedes enamorarte de este tipo. Se supone que deberías estar reuniendo información y... ¿qué has descubierto? Nada más que trabaja duro y espera lo mismo de la gente que trabaja para él. Eso y que hace el amor como en un sueño». Recurría a todo su arsenal, manos, boca... todo para darle placer como nunca había conocido... y era adictivo. Él era adictivo.

Los hombres como Josh Tremont debían llevar una etiqueta de advertencia en la frente, decidió.

Pero la sensación de inquietud no desaparecía. Estaba empezando a conocer a ese hombre, pero aún tenía pendiente saber por qué había reunido tanta información sobre los Palmer. Había investigado a fondo sus vidas personales. Conocía hasta el más mínimo detalle, hasta las citas de Bruce con su dentista. Resultaba extraño y bastante obsesivo.

Sacudió la cabeza. Darle vueltas no iba a demostrar nada. Si iba a hacer lo que Irene quería que hiciera, tenía que descubrir más detalles sobre Josh Tremont. Algo más que el hecho de que el simple sonido de sus pasos sobre la tarima era suficiente para que el corazón empezara a latirle como las alas de un asustado bando de palomas.

—Discúlpame —dijo él apareciendo por detrás y rodeándole la cintura.

Callie respiró hondo y su aroma único la envolvió. Su olor era un afrodisíaco para ella. Su cuerpo respondió de inmediato. Se echó a reír. A ese ritmo, el lunes no podría moverse.

—Me imagino que jamás estarás completamente libre —respondió ella disfrutando de la sensación de protección que le proporcionaban sus brazos.

—Te prometo que tienes mi completa atención el resto del fin de semana. ¿Qué quieres hacer hoy?

La lluvia golpeaba los cristales delante de ellos.

–Supongo que bañarse ni se plantea –dijo señalando la lluvia en la terraza.

–¿Por qué no? Hace años que no me baño bajo la lluvia. ¿Y tú?

–No creo haberlo hecho nunca –resopló.

–¿Ni siquiera de niña?

–Especialmente de niña.

No había aprendido a nadar hasta que había llegado al Hogar Palmer para Chicas. Al principio, la idea de meter la cabeza debajo del agua le había causado terror, pero finalmente había vencido el miedo y había aprendido de esa experiencia para enfrentarse a grandes miedos y grandes problemas y superarlos. Otra oportunidad que le había brindado Irene. Otra razón para estarle agradecida.

–¿Y qué te parece?

Callie lo pensó un minuto. Había poco tiempo en su vida para frivolidades, tenía veintiocho años y no había hecho algo tan sencillo y divertido como bañarse bajo la lluvia.

–Sí –asintió–. Me encantaría. Pero no he traído bañador.

–¿Quién ha dicho que necesitamos bañador?

Algo parecido a una descarga eléctrica le recorrió el cuerpo. ¿Bañarse desnuda?

–¿Y los vecinos? ¿No pueden ver la piscina?

Josh señaló a través de los cristales.

–No hay nadie que pueda vernos. Es una de las cosas que me gustó de esta casa. Tenemos absoluta privacidad.

Josh la guió por un pasillo cubierto que iba desde la casa hasta los vestuarios de la piscina. Se desnudaron y salieron a la lluvia.

Callie gritó al sentir las frías gotas en la piel y corrió hacia la piscina. A su lado, Josh se lanzó al agua y cuando salió a la superficie la animó a hacer lo mismo.

Respiró hondo y se lanzó. La erótica y deliciosa sensación del agua en su cuerpo era como volar entre seda. La piscina estaba más caliente que la lluvia y la sensación cuando salía a la superficie era estimulante. La risa burbujeaba dentro de ella.

¿Cuánto tiempo había pasado desde la última vez que se entregaba a algo por pura diversión? Aparte de su adicción a los zapatos, que ella misma reconocía que tenía causas profundas, no solía soltarse el pelo nunca.

–¿Qué tal? –preguntó Josh nadando hacia ella.

–Una bendición –sonrió.

Flotó sobre la espalda, con los ojos cerrados, entregándose a la sensación de la lluvia cayendo sobre su piel. Josh, de pie a su lado, la sostenía con los brazos y se inclinaba para lamer las gotas que caían en los pechos. Callie sentía cada vez una descarga que iba directa a su centro y gemía de placer cada vez que chupaba los pezones.

–Ahora podemos hablar de bendición –murmuró él.

Parecía saber por arte de magia cómo y dónde tocarla. Sabía exactamente lo que la iba encendiendo lentamente y lo que le hacía arder en el infierno. Se deleitaba en las suaves caricias y en la sensación de ingravidez que provocaba flotar en el agua.

Cuando le sugirió que salieran de la piscina, estaba más que preparada, y cuando la secó lentamente en la caseta antes de echarla en el sofá cama, pensó que no podría sentirse más viva ni más feliz de lo que se sentía en ese momento.

Más tarde, después de haberse vestido y vuelto a la

casa, trabajaron codo con codo en la cocina para preparar la comida. Comieron en el comedor de la cocina y bromearon sobre deportes acuáticos.

–No te diviertes con mucha frecuencia, ¿verdad?

La repentina pregunta fue una sorpresa para Callie.

–Claro que me divierto.

–Entonces, ¿por qué no te habías bañado nunca desnuda ni nadado bajo la lluvia?

–No todo el mundo tiene la oportunidad de hacerlo.

–¿En Nueva Zelanda? No hace falta dinero para hacer esas cosas. La mayoría de la gente vive a un tiro de piedra de algún sitio con agua.

–Mis padres no iban nunca a bañarse.

No, recordó, disfrutaban de cosas bastante peores. Cosas que no incluían a su única hija, por lo que siempre estaba en la calle.

–Callie, ¿en qué estaban metidos?

–Cosas. Nada bueno. Digamos que no estaban implicados en las cosas normales de una familia y dejémoslo así.

–Lo siento –le acarició una mejilla.

–Sobreviví –se encogió de hombros.

–Sí, pero los niños se merecen algo más que sobrevivir.

Hubo un trasfondo de amargura en su voz que le sorprendió. La misma rabia que había observado en él el fin de semana anterior cuando habían hablado de su madre.

–No lo has tenido precisamente fácil, ¿verdad? –afirmó ella más que preguntar.

–No.

Tiró de ella y la sentó en su regazo. Ella se acurrucó contra él encantada con la sensación de que su cuerpo encajara en el de él.

–Cuéntame –presionó.

Por mucho que se sintiera como si se estuviera metiendo en su vida privada, esperó que pudiera darle alguna pista sobre por qué tenía tanto interés en reunir información sobre los Palmer y por qué estaba tan decidido a desestabilizar su empresa. Por muy enferma que le pusiera tener que entrometerse, sabía que si podía conseguir la información que Irene quería, entonces, sólo entonces, podría tener la esperanza de que su relación se convirtiera en algo real. Y le producía auténtica conmoción admitir lo mucho que deseaba que lo fuera.

Ese día le había hecho darse cuenta de que estaba harta de ser el peón de nadie y que le ponía enferma andar fingiendo. En lugar de poder permitirse sencillamente disfrutar de estar con Josh y dejar que sus sentimientos hacia él siguieran su curso natural, tenía que recordarse constantemente que tenía segundas intenciones. Había llegado el momento de que terminase el engaño. Pero por mucho que hubiera llegado a esa decisión, sabía que no podría hacer nada hasta que cumpliera la promesa que le había hecho a Irene. Había algo en Josh que seguramente tampoco era la verdad, y tenía que descubrirlo.

–¿Versión larga o corta? Mi madre trabajaba para un hombre casado. Tuvo una aventura con él. Se quedó embarazada de mí. Trató de comprarla con diez mil dólares e hizo que se fuera a vivir a otro lado.

Callie no pudo reprimir el grito de comprensión que nació en el fondo de su corazón. Sabía todo sobre el rechazo. Lo había experimentado cada día de sus primeros dieciséis años de vida.

–Así que, sí, tengo una idea aproximada de lo que es sobrevivir. Si él hubiera mostrado una pizca de respeto por ella y por sus sentimientos, las cosas no habrían sido tan malas para ella como lo fueron.

–Seguro que él le debía mucho más que eso. ¿No pudo acudir a los tribunales para conseguir que os tuviera que ayudar?

–Su orgullo no se lo permitió. Creo que estaba tan herida cuando la rechazó, que decidió simplemente desaparecer. Se cambió el apellido de Morrisey y adoptó el de soltera de su madre y después trató de darme la mejor infancia que pudo.

–Así que tú has podido bañarte bajo la lluvia y nadar desnudo –dijo con una sonrisa.

–Sí... y más. No hubo un solo día que no supiera que me quería más que a su vida. Ésa es la clase de regalo que tenía garantizado hasta que murió.

–Al menos tuviste eso.

–Sí. Y le prometí que un día la compensaría por ello, pero murió antes de que pudiera darle lo que merecía.

–¿Y tu padre? ¿Siguió sin ayudarte aun después de la muerte de ella?

Josh ladró una carcajada totalmente carente de sentido del humor.

–Sí. Revolví entre los papeles de mi madre cuando murió. Hasta entonces ni siquiera sabía quién era ese hombre. Mi madre nunca me había hablado de él y cada vez que yo sacaba el asunto, cambiaba de tema. Después, siempre la oía llorar en su habitación. No hace falta que algo así suceda muchas veces para que un niño comprenda que su necesidad de saber no es compatible con la felicidad de su madre.

Josh se movió, lo que hizo que Callie resbalara de su regazo. Él se levantó y caminó hacia la estantería llena de libros que ocupaba una de las paredes de la sala. De un estante sacó una caja pequeña, como un cofre de piratas en miniatura. La sostuvo con las dos manos y se volvió hacia ella.

–Siempre llevaba esto con ella. Cerrado, claro, aunque eso no me detuvo a la hora de intentar ver lo que había dentro –admitió con una sonrisa sincera–. Era muy buena escondiendo las cosas, sólo encontré la llave después de su muerte.

Metió la mano en el bolsillo del pantalón y sacó un llavero, eligió la llave más pequeña y abrió la caja. Desde donde estaba, Callie pudo ver el amarillento papel de un mazo de sobres atados con una desteñida cinta rosa.

–Son cartas de él. Dejó de escribir cuando se quedó embarazada de mí.

–¿Las has leído? –preguntó Callie con la sensación de estar al borde de un precipicio.

¿Serían esas cartas la clave de lo que Irene necesitaba?

–Sí. Me obligué a leerlas todas... incluida la carta y el cheque que envió a mi madre para que se marchara de la ciudad.

–¿No cobró el cheque? ¿Por qué? Debía de necesitar dinero desesperadamente.

–Como te he dicho, su orgullo no se lo permitió. Creo que había sentido tanto el abandono, que no podía permitirse perder también la dignidad.

–No puedo creer que lo hayas guardado todo este tiempo. ¿No sería mejor destruirlo todo, olvidar?

–Eran mi único contacto con un padre que nunca he conocido. He guardado estas mentiras como un recordatorio de lo que le debía a mi madre... lo que me debía a mí. Y juré sobre la tumba de mi madre que algún día se lo haría pagar.

–Josh, seguro que no lo dices en serio –protestó Callie–. Todo el mundo tiene que olvidar al final.

Se levantó y se acercó a él. Le quitó la caja de las manos y volvió a dejarla en la estantería. Lo rodeó por la cintura desesperada por reconfortarlo, pero él permaneció rígido.

–Oh, sí –replicó con voz dura y extrañamente ajeno al hombre cálido y amoroso que estaba siendo el fin de semana–. Lo digo completamente en serio. Se arrepentirá de no haber hecho lo que debía. Se arrepentirá de todas sus mentiras y el mundo sabrá el canalla falso que realmente es. Y cuando tenga que reconocerme públicamente, sabrá que él, y sólo él, habrá sido el causante de su propia destrucción.

Callie sintió que el temor entraba en su corazón. No le quedó ninguna duda de que Josh cumpliría su promesa y no quiso estar en el lugar del hombre que era su objetivo. Si hubo algo que supo con certeza en ese momento, fue que Josh era un hombre guiado por sus emociones... y dado las emociones que eran, ¿qué le haría a ella cuando supiera la verdad de por qué estaba allí?

Capítulo Nueve

Esa noche, cuando hicieron el amor, había un punto de desesperación en las caricias de Josh, un hambre que Callie deseó poder saciar, pero sabía, incluso cuando se quedó dormida entre sus brazos, que jamás podría remediar lo que afligía su corazón.

A la mañana siguiente, después de una noche de sueño discontinuo, se levantó de la cama y bajó las escaleras. Si no podía dormir, al menos podría ser útil y preparar algo de desayuno.

Fue al pasar de camino a la cocina cuando vio el pequeño cofre en el estante. Seguía abierto. Dudó un momento, después, con mano temblorosa, sacó el primer sobre de debajo de la cinta.

El matasellos era de hacía más de treinta años y la masculina caligrafía del sobre conservaba el severo color negro. Abrió la solapa y desdobló las hojas que había dentro. Sintió un nudo en la garganta al leer la primera página llena de expresiones de amor dichas por un hombre a su amante. Palabras que hablaban de frustración por sentirse atrapado en un matrimonio de conveniencia y apariencias. Un matrimonio que carecía de la felicidad de los hijos.

No parecían las palabras de un hombre que mentía, de eso estaba segura. Sentía como si se estuviera metiendo en algo absolutamente privado entre dos personas. Dobló las hojas y volvió a meterlas en el sobre. La profunda emoción que había sentido leyendo una sola página la llenó de una sensación de indefensión y, sí, incluso envidia porque una mujer hubiera sido objeto del amor y la devoción de un hombre hasta ese extremo. Con dedos temblorosos dejó la carta en su sitio y cerró con cuidado un cofre que pensó debería haber sido enterrado con su dueña. Esas cartas no merecían ser usadas como un instrumento de venganza.

Eran algo privado, una mirada al amor perdido entre dos personas que se habían amado en el momento equivocado. Una pareja destinada a ser separada.

No pudo evitar preguntarse si no ocurriría lo mismo entre Josh y ella. Él no aceptaría su traición en silencio. Iría a por ella con todas las armas a su alcance, a menos que pudiera satisfacer las demandas de Irene sin que él lo descubriera.

Por alguna razón, no creyó que fuera posible.

Irene había celebrado su cumpleaños el fin de semana y Callie le había prometido pasarse a verla el lunes al salir del trabajo. Mientras conducía por el puente del puerto en dirección a su casa de Northcote Point, no pudo evitar no quitar ojo del espejo retrovisor. Su doble vida empezaba a castigar su mente y estaba completamente paranoica pensando que Josh descubriría su doble juego. No creía que fuera la clase de hombre que la hiciera seguir. No, si tuviera alguna sospecha, se habría enfrentado a ella personalmente y le habría pedido explicaciones.

Le dolía el corazón al pensar en que pudiera descubrirla. Cuanto más tiempo pasaba con él, más sentía que se estaba enamorando de un modo inexorable. Y sabía que eso era la receta para un desastre. La sola idea de que su amor pudiera ser correspondido estaba destinada al fracaso. Estaba en una posición insostenible a menos que le dijera a Irene que no podía cumplir su promesa.

Sólo pensarlo la llenaba de inquietud. Le debía a Irene todo lo que era y se sentía en una deuda de honor con la mujer a la que debía toda su lealtad. Todo eso hacía su posición muy, muy difícil. No podía seguir así. Ya no. La obsesión de Irene con Josh Tremont era infundada. Las dos empresas jugaban en el mismo campo, competían por los mismos trabajos, una y otra vez. Sí, Josh tenía un topo en Palmer Enterprises, lo que debilitaba la posición de éstos, pero ya que ese topo había sido descubierto, seguro que Irene podía superar sus temores y confiar en la visión para los negocios de los Palmer y su larga reputación para remontar la situación.

Y dejar a Callie enamorarse de Josh.

Callie agarró el volante con fuerza y tomó el desvío que llevaba a la casa de la familia Palmer en lo alto de una colina. Se preguntó cómo se sentirían abandonando esa casa para ocupar el consulado de Guildaria.

Pulsó el código de seguridad de la puerta y siguió por el camino tratando de aplacar los nervios que amenazaban con poner su estómago en órbita.

Irene estaba tan impecable como siempre. Se levantó del sofá cuando Callie entró.

–¿Cómo estás, querida? –dijo dándole un beso en la mejilla–. Pareces cansada. Espero que ese hombre no te esté exigiendo demasiado.

No más de lo que estaba ansiosa por darle, pensó. Sonrió y sacudió la cabeza.

Irene dejó escapar una exclamación cuando vio lo que Callie le había llevado de regalo. Un bolso de Chanel que habían visto las dos un día de compras hacía unos meses. Le había costado mucho más de lo que normalmente se gastaría en un regalo, pero Irene se lo merecía. Sin su tranquila mano guiando su vida, ¿quién sabía dónde podría haber terminado?

–Callie, es precioso. Qué inteligente eres y cómo recuerdas lo mucho que me gustó cuando lo vi. Toma –le tendió la tarjeta de felicitación que Callie había incluido en el regalo–. Ponla encima de la chimenea con las demás.

Callie colocó la tarjeta encima de la repisa de mármol. La dejó entre la colorista colección y eligió una al azar para leer lo que ponía.

Era la de Bruce Palmer. La clásica tarjeta que un marido compraba a su esposa, pero personalizada con su propio mensaje. De su puño y letra. Letra que de pronto le resultó demasiado familiar. Caligrafía que había visto el día anterior en una apasionada declaración de amor a otra mujer.

Se le paró el corazón en el pecho y después se puso en marcha de nuevo con un ritmo errático que dejó sin fuerza sus dedos haciendo que la tarjeta se le cayera de las manos.

Se agachó a recogerla y estudió la letra con más detalle. No había error. La inconfundible inclinación estaba presente en cada trazo. Obvió el deseo de romper la tarjeta en dos trozos y la dejó donde estaba. Respiró hondo.

–¿Te encuentras bien, querida? Estás muy pálida.

La voz de Irene atravesó la niebla que ocupaba su cerebro. Tenía que salir de allí. No podía enfrentarse a una tarde de té con una mujer que había sido engañada por su marido durante más de treinta años.

Era demasiado. Tenía que reunir todas las piezas en su cabeza y repensarlo todo y sabía que no podría hacerlo con Irene sentada delante de ella. Ese día no. No cuando la constatación estaba en su mente aún en carne viva.

–La verdad, si no te importa, no voy a quedarme, Irene, lo siento, pero no me encuentro muy bien. ¿Te llamo un poco más adelante esta semana?

–Claro, pero ¿estás bien para conducir?

–Sí, estoy bien. Creo que necesito acostarme pronto, eso es todo. De verdad, lo siento mucho.

–No te preocupes –dijo Irene–. Hablamos antes del fin de semana y me pones al día de lo de Tremont.

Cómo consiguió llegar hasta el coche y después a casa, resultaba un completo misterio para ella en el instante en que llegó a casa y se desmoronó. Con las piernas con la consistencia de un espagueti recocido, consiguió subir las escaleras hasta su habitación y se dejó caer en la cama, donde se quedó mirando al techo con los ojos ardiendo.

La verdad la miraba cara a cara. Bruce Palmer tenía que ser el hombre casado con quien había tenido una aventura la madre de Josh.

Bruce era el padre de Josh.

No podía asociar al presidente de Palmer Enterprises con el hombre cuyos más íntimos pensamientos había leído en esa carta a su amante. No podía identificar a ese hombre, el amante, con el que había abandonado a su querida y a su hijo aún no nacido.

Josh Tremont y Adam Palmer eran casi de la misma edad. Irene debía de haberse quedado embarazada casi a la vez que la madre de Josh, pero el suyo era un legítimo heredero, así que Bruce había elegido renunciar a la mujer que realmente amaba.

¿O todo había sido mentira como decía Josh? ¿No había amado nunca a su madre? ¿Sólo era una cara bonita en su lugar de trabajo y, recurriendo al poder de su posición, la había metido en su cama?

No lo veía así. Bruce Palmer había sido siempre tan digno… Sabía que había perdido a uno de sus hijos gemelos poco después del nacimiento y le habían dicho que, después de eso, se había entregado en cuerpo y alma al trabajo.

¿Era ésa la conducta de un hombre que había abandonado a su hijo ilegítimo sin pensarlo? No tenía sentido. Pero había sucedido. Josh tenía las pruebas. Tenía la breve carta de despedida, el cheque que su madre no había cobrado y un puñado de cartas.

Sintió dolor en el corazón por Josh y por su madre. No se tenían nada más que el uno al otro y podrían haber tenido mucho más. Bruce podría haberles garantizado una seguridad económica con muy poco esfuerzo. Hubiera sido lo correcto, lo honorable.

De pronto se vio ante la terrible realidad de que el hombre al que tanto tiempo había admirado no era quien ella pensaba que era. Y, sobre todo, ¿qué podía decirle a Irene? Esa mujer esperaba una respuesta, una respuesta sincera.

Sintió que la bilis le subía a la garganta. Corrió al baño. Se apoyó en el lavabo y bajó la cabeza, las imágenes de todo lo que había pasado daban vueltas en su mente, una y otra vez.

Por fin comprendía la implacable persecución de Josh a Palmer Enterprises y su aparente objetivo de hundir la compañía de Bruce. El miedo hizo que se le retorciera el estómago y trató de mantener el control.

¿Qué planearía hacer Josh?, se preguntó. ¿A qué altura estaban del drama desarrollado durante años? Había dicho que obligaría a su padre a reconocerlo públicamente. Evidentemente, pensaba utilizar las cartas para ello.

De pronto se hizo la luz. Supo exactamente en qué momento pensaba hacerlo público. El momento en que más daño podía hacer a la credibilidad de Bruce. El nombramiento como cónsul se haría en Navidad y sabía que sería en medio de un gran despliegue. La verdad sobre la conducta de Bruce, sobre la mujer a la que había utilizado y abandonado y el hijo que había ignorado, estallaría y llegaría a la estratosfera de la mano de la prensa del corazón.

Los Palmer perderían todo lo que querían.

Abrió el grifo del agua fría y se mojó la cara. ¿Qué debía hacer? ¿Tenía que ir a ver a Irene y decirle la verdad? ¿Hacer temblar los cimientos sobre los que había construido su vida? Las lágrimas llenaron sus ojos al ser consciente de que ella no podía ser quien destruyera el mundo de Irene. No cuando había sido Irene la que había creado un mundo para ella.

Así que ¿dónde la dejaba eso? ¿Tenía que advertir a Bruce de que su hijo bastardo iba a vengarse? ¿O podía adelantarse a Josh y enfrentarlo con su padre? ¿Rogarle que renunciara a la retribución que honradamente le debía? Según sus cálculos, tenía cuatro semanas antes de que se hiciera el anuncio. En esas cuatro semanas tenía que darle la vuelta a todo eso, pero no tenía ni idea de cómo iba a hacerlo.

–¿Qué es eso de que los Palmer nos han ganado por la mano en esto? Teníamos este acuerdo cerrado a falta de firma.

Josh miró al equipo de dirección y escrutó sus rostros en busca de alguna pista sobre qué podía haber ido mal.

–Josh, tampoco lo entendemos nosotros. De algún modo han tenido que conseguir conocer los datos de nuestra propuesta –dijo uno de los ejecutivos.

¿Los datos de la propuesta? Josh ponderó un segundo las ramificaciones de esa afirmación antes de volver a decir nada.

–¿Hay alguna posibilidad de que podamos bloquearlos? ¿Bajar? ¿Ofertar más?

–El trato está cerrado. El Ministerio de Comercio ya lo ha firmado.

Josh juró largamente antes de despedir a su equipo.

–Será mejor que esto no vuelva a suceder –rugió a su consejero legal una vez los miembros del equipo hubieron abandonado la sala.

–Josh, no hay forma de que la filtración haya salido de ninguno de ellos. No han tenido acceso a tu propuesta final antes de que los Palmer cayeran en picado sobre nosotros.

–¿Qué estás sugiriendo?

–Que puede que ellos estén empleando las mismas tácticas sucias que tú has usado tanto tiempo y que ya no puedas confiar en tu propia gente. Piénsalo, Josh. ¿Quién más puede haber hecho pública esa información? ¿Quién más ha podido tener algo que ganar con esto? O un hacker ha conseguido entrar en tu sistema o deberías mirar en el círculo más cercano de tu oficina antes de acusar a estos tipos.

¿Su oficina? Sólo había dos personas que tenían acceso a su ordenador. Él y una vez, muy brevemente, Callie... y sabía a ciencia cierta que él no había pasado su propuesta a los Palmer.

¿Lo habría traicionado ella? Una llama de furia lo recorrió entero. Las pruebas señalaban en esa dirección. ¿Lo habría engañado tan bien? Había permitido que su libido gobernase su cabeza. La había dejado acercarse. La había visto, deseado, tenido y compartido con ella verdades que jamás había compartido con nadie.

Por encima de todo, había confiado en ella. Las palabras que ella había pronunciado semanas antes le vinieron a la mente: «deberías preocuparte más por la lealtad de la gente que puedes comprar».

¿Quizá la gente como ella?

Si era verdad que le había traicionado, pagaría por ello junto a su antiguo jefe. Se aseguraría de que se quedaran completamente solos. No debería resultar muy difícil saber dónde estaba la lealtad de ella.

Los Palmer podían haber tenido éxito en su último contrato, estarían ansiosos de volver a hacer lo mismo, ganarle en el último momento, y esa vez les dejaría hacerlo. Una idea empezó a tomar forma en su mente. Tendría que ser cuidadoso, pero sabía que podía hacerlo, y demostrar la culpabilidad o la inocencia de Callie al mismo tiempo.

Y cuando llevara su idea a cabo, habría también terminado con su competencia.

Capítulo Diez

Habían pasado dos días desde su descubrimiento y aún no tenía ni idea de lo que iba a hacer. En la oficina, Josh había vuelto a ser el mismo de siempre, concentrado, profesional, aunque de vez en cuando lo descubría mirándola como si algo le rondase la cabeza. No habían vuelto a estar a solas desde el fin de semana y se había dado cuenta de que echaba de menos la cercanía que habían compartido.

Estaba en su mesa y sus sentidos se pusieron en estado de alerta inmediatamente en cuanto Josh salió de su despacho.

—Callie, me gustaría que mecanografiaras estas notas ahora, alta prioridad y el máximo nivel de confidencialidad. Asegúrate de poner esta contraseña de clave de acceso al archivo.

Anotó en su cuaderno la contraseña que él había escrito en la parte de arriba de las páginas.

—¿Quieres que te lo devuelva después o lo destruyo?

—Destrúyelo. Lo que escribas en el ordenador es todo lo que necesito.

Volvió a su despacho.

—¿Josh? ¿Va todo bien? —preguntó levantándose de la silla y acercándose a él.

Para su alivio, él sonrió y la besó en la mejilla.

—Todo bien, sólo estoy muy ocupado... arreglando

la situación creada por haber perdido el contrato de Flinders por culpa de los Palmer.

Callie sintió que la culpa le corría por las venas. Ése había sido el contrato del que ella había pasado la información a Irene. Había sido lo que había tenido que hacer en ese momento, pero se arrepentía de haber entrado en ese juego. No había pensado en el coste emocional que tendría para ella.

–Con un poco de suerte, el material en que estás trabajando lo compensará de inmediato –sonrió–. ¿Estás ocupada esta noche?

–No, no tengo planes.

–Vamos a cenar juntos.

–¿Sabes qué te digo? –no quería tener que recurrir al anonimato de un restaurante esa noche. Necesitaba que la atención de Josh fuera sólo para ella para estar segura de que no pasaba nada–. ¿Por qué no preparo yo la cena?

–¿Seguro que no quieres salir?

–Seguro –dijo asintiendo para reforzar su afirmación–. ¿A qué hora acabas esta noche?

–Tengo una reunión a las cuatro y media –dijo y después calculó mentalmente el tiempo que le llevaría–. Puedo estar en tu casa a eso de las siete, pero ¿por qué no vienes a mi casa? Está más cerca de donde tengo la reunión y puedo llegar antes.

–Perfecto. Llevaré todo lo necesario para hacer la cena.

–Tráete ropa para mañana –dijo y le entregó una llave electrónica–. Toma, necesitarás esto. Te abrirá la puerta de fuera y la del garaje. Déjame la puerta abierta.

–¿Y la alarma?

Le dio un código numérico que memorizó.

La excitación se desató dentro de ella. Era evidente que no sospechaba de ella. Aún tenía una oportunidad de arreglar las cosas, incluso de convertir su necesidad de venganza en algo mejor. Siendo realista, sabía que iba contra una corriente que había circulado en su vida demasiado tiempo, pero tenía la esperanza de poder marcar la diferencia.

Las notas que Josh le había dado eran extensas. Que hubiera podido pergeñar otra propuesta tan rápido después de perder la de Flinders explicaba su éxito en los negocios. Mientras mecanografiaba mecánicamente, su mente empezó a pensar en la tarde y noche que tenía por delante. Quería que todo fuese perfecto.

Faltaba exactamente un mes para Navidad. ¿Sería demasiado pronto para hacerle un regalo? ¿Quizá ella misma envuelta en algo especial? A la hora de comer encontró algo perfecto. Un camisón de satén burdeos y un *peignoir* de organza a juego. Estaba ansiosa por ver el rostro de Josh cuando los viera.

Eran casi las cinco cuando terminó de mecanografiar las notas. Estaba sacando su bolso del cajón, lista para marcharse de la oficina, cuando la estridente sirena de la alarma del edificio interrumpió sus pensamientos. Conocía la rutina: fuera un simulacro o algo real, tenía que abandonar el despacho inmediatamente.

En lo referente a la seguridad, se había hecho ya una copia de seguridad de todo lo que había en su ordenador y la máquina se apagaría después de cinco minutos sin actividad. Pero quedaban las notas que Josh le había dado. No las había metido en la trituradora y no tenía tiempo para hacerlo.

Dobló las hojas y las metió en su bolso. Las trituraría cuando volviera después de la alarma, pero no podía dejarlas por ahí. Se unió a la marea de empleados en la escalera y se preparó para el largo descenso hasta el piso inferior con la esperanza de que sólo fuera un simulacro y pudieran volver pronto.

Sus esperanzas se desvanecieron mientras esperaba en el punto de encuentro que le correspondía. Un pequeño incendio se había declarado en el edificio y los bomberos habían dicho que pasaría algún tiempo antes de que pudieran volver a sus oficinas.

La gente recibió la noticia con un ruido de desánimo, ya que la mayoría tendría que esperar para poder recoger sus cosas y volver a casa.

Callie se alegró de haber recogido su bolso. Aunque no podía bajar al aparcamiento subterráneo para recuperar su coche, podía volver a su casa en taxi y después ir del mismo modo a casa de Josh. Una vez que comunicó al vigilante que se marchaba, eso fue lo que hizo.

El taxista la esperó a la entrada de un supermercado mientras compraba los ingredientes que le hacían falta para la cena que había pensado hacer esa noche y después, por una propina, en la puerta de su casa mientras buscaba las cosas que le hacían falta para esa noche.

Cuando llegó a casa de Josh, estaba acelerada. Dejó la compra para la cena en la cocina. Puso una cazuela grande de agua a hervir y se dispuso a picar cebolla y ajo junto con unos champiñones y beicon. El menú era rápido y fácil de preparar.

Canturreó animada por el olor de los ingredientes mezclados en la sartén mientras echaba al agua hirviendo las cintas de pasta y añadía queso parmesano a la sartén. La pasta fresca estaba lista en unos minutos y, una vez escurrida y mezclada con la salsa, echó todo en una fuente, lo cubrió con papel de aluminio y lo metió en el horno para que no se enfriase.

Hizo una limpieza rápida de la cocina y subió corriendo a la habitación para quitarse la ropa, incluida la interior, del trabajo y ponerse el camisón y el *peignoir*. Dedicó un minuto a echarse un poco de colonia, la sensación del aerosol entre los pechos hizo que un estremecimiento le recorriera el cuerpo.

El frufrú del camisón en sus piernas mientras bajaba las escaleras despertó en ella una marea de deseo que le llegó hasta la médula. Estaba ansiosa por que Josh llegase a casa. Una sonrisa iluminó sus labios. Había algo deliciosamente decadente en no llevar ropa interior. Estaba muy por encima de bañarse desnuda bajo la lluvia.

Se entretuvo poniendo la mesa y buscando un par de velas para decorarla un poco. Recordó haber visto dos velas aromáticas en el salón la última vez que había estado allí.

En el salón sus ojos fueron atraídos por el cofre. En él estaban guardadas las semillas de la amargura de Josh. La única evidencia física que tenía para poder decir quién era en realidad su padre.

Callie pasó los dedos por la tapa. ¿Cómo sería Josh si esas cartas no hubieran existido nunca?, se preguntó. ¿Habría triunfado igual en el mercado que había elegido? ¿Había sido su deseo de venganza el catalizador que le había hecho alcanzar las cotas a las que había llegado o habría llegado a la cima de todos modos? ¿Había sido su padre, con su rechazo, quien había provocado su éxito?

A lo lejos oyó una puerta y dio un respingo que hizo abrirse la tapa. Sorprendentemente, Josh no había vuelto a cerrarla. Miró el interior de la caja y después cerró la tapa como quien cerrara la caja de Pandora. Era evidente que a él se le había olvidado cerrarla.

Sus pasos sonaron en el parqué de la entrada. Callie se alejó de la estantería y sus pensamientos sobre la caja se desvanecieron cuando él entró en el salón.

–Algo huele muy bien –dijo–. Me preocupaba que llegaras tarde. Me han llamado desde la torre.

–Nada iba a evitar que viniera esta noche aquí contigo –dijo entregándose a su abrazo y alzando el rostro para que la besara.

Cuando la soltó, el corazón le latía al doble de velocidad.

–La cena está lista –dijo ella–. Buscaba unas velas para la mesa.

–Puede esperar –rugió Josh abrazándola otra vez–. Ahora te deseo a ti.

–¿Ahora?

La excitación se notaba en su voz.

–Sí.

La tomó en sus brazos y se dirigió al piso de arriba. Entró en la habitación, cerró la puerta de un puntapié y la dejó en el suelo.

–Me gusta esto –dijo él apartando el *peignoir* y pasando una mano por el suave tejido del camisón–. Tiene un tacto muy agradable –deslizó la mano por debajo del borde del camisón y fue subiendo hasta que llegó a las nalgas–, pero me gusta más tu tacto.

–Es tu regalo adelantado de Navidad –dijo Callie con un jadeo.

La racionalidad voló de su cabeza cuando sus dedos recorrieron las nalgas y llegaron a la unión de las piernas. La humedad y el calor se fundieron mientras sus dedos acariciaban la sensible piel.

–Así que tengo que desenvolverlo –dijo con una sonrisa.

Josh retiró la mano y se quitó la chaqueta y la corbata. Se desabrochó la camisa y la sacó de los pantalones. Callie se quedó quieta mirándolo mientras se desnudaba por completo y tembló cuando se acercó a ella con la determinación reflejada en el rostro.

Le quitó el *peignoir* por los hombros deteniéndose a besar cada centímetro de piel que salía a la luz hasta que ella se estremeció de deseo. La acostó en la cama y fue subiendo con los dedos desde los tobillos hasta el borde del camisón, después, con la mano agarrada al satén, fue subiendo alzando la tela.

Su mirada se fue oscureciendo mientras la miraba. Si hubiera sido posible, se habría sentido más húmeda, más preparada para recibirlo de lo que ya lo estaba. Y cuando inclinó su cabeza sobre ella y apoyó la boca en su piel despertando con la lengua todas sus terminaciones nerviosas, cerró los ojos, dejó caer la cabeza y se entregó por completo a la sensación.

Estaba oscuro ya cuando bajaron las escaleras para cenar. Aunque la pasta se había secado un poco en el horno, eso no les quitó el apetito. Después, con sus copas y lo que quedaba en la botella de vino que habían abierto, subieron al dormitorio a saciar otra clase de hambre.

Después, Josh cayó en un profundo sueño. A pesar de la hora y de su agotamiento, Callie no podía dormir. En su lugar, contemplaba al hombre que tenía a su lado, bañado por la plateada luz de la luna, y más hermoso a su vista de lo que lo había estado nunca. Su corazón se inflamó con la sólida verdad que por fin se permitió admitir. Lo amaba. Total y completamente.

Deseó poder hacer cualquier cosa para liberarlo de los demonios que lo guiaban. Para concederle el descanso de la aceptación. Pero eso era algo que sólo le atañía a él. Tenía que desearlo y abrazarlo.

Sus planes de venganza contra Bruce Palmer y su familia eran los que lo impulsaban, los que daban un sentido a su trabajo. Pero ¿conseguiría desprenderse de la amargura que sentía si viera sus planes triunfar? Y ¿qué pasaría con el daño que habría hecho a los Palmer?

Sabía que lo que Bruce había hecho tantos años atrás era imperdonable, pero el tiempo había desdibujado su contorno. Aunque su conducta con la madre de Josh había sido reprobable, su vida después no lo había sido. Estaba segura de que no había cometido ningún error en todos los años que habían pasado después. Había levantado su negocio y se había ocupado de su familia y se había entregado a la comunidad y al país hasta el punto de estar a pocos días de ser nombrado cónsul.

Quizá su conducta había sido su forma de compensar el modo en que había tratado a Josh y a su madre. ¿Quién sabía? Callie comprendía que el nombramiento de cónsul estaba relacionado con Bruce Palmer el hombre, el hombre que era en ese momento.

¿Era justo destruir eso? No lo creía. Bruce aún podía hacer mucho bien en el mundo. Si Josh seguía sus planes, el anciano sería destruido. Ridiculizado ante todo el mundo. A pesar de lo que le había hecho a Josh, sentía que aún le debía a Bruce evitar que sucediera eso.

Se levantó de la cama y buscó el *peignoir* sin estar aún muy segura de lo que iba a hacer, pero sabiendo en lo más hondo de su corazón que tenía que hacerlo. Tenía que destruir el contenido de esa caja antes de que Josh pudiera usarlo contra Bruce. Tenía la esperanza de que eso empezara a curar las heridas de su corazón.

La luz de la luna entraba en el salón, pero aunque hubiera estado a oscuras habría podido encontrar lo que buscaba. Tomó la caja del estante y sacó los sobres de dentro.

Sabía que no tenía ningún derecho a hacer eso. Ninguno. Pero alguien tenía que romper el círculo vicioso del dolor. Alguien tenía que poner fin a la ira y las acusaciones.

Se acercó a la chimenea y se arrodilló delante. Sabía que en algún sitio tenía que haber un encendedor. Lo buscó a tientas y cuando lo encontró dio las gracias en silencio.

Dejó el mechero en el suelo y desató las cartas. Sintió una punzada de pena al pensar en todo el amor que había en esas palabras y esas páginas que serían destruidas para siempre. Pero razonó que ese amor había provocado el efecto contrario. Y había que acabar con ese efecto.

Tomó uno de los sobres y lo colocó encima de la rejilla de la chimenea, encendió el mechero con dedos temblorosos. Tras varios intentos una llama azul salió del encendedor. Una llama azul que con un siseo se convirtió en dorada.

Notaba las lágrimas que le corrían por las mejillas cuando acercó la llama al papel. El borde del sobre se encendió y brilló brevemente hasta que el fuego lo consumió ennegreciendo el papel como su contenido había ennegrecido el corazón de Josh.

Sollozando, quemó el siguiente sobre, y el siguiente.

Inesperadamente, la luz llenó el salón y oyó un grito. Josh la apartó y apagó el fuego con las manos. Sacó la carta a medio quemar de la chimenea y la extendió por el suelo, donde acabó de consumirse como la furia grabada en su rostro.

Lo miró a los ojos y supo que era el final de todo lo que había esperado. El final de sus sueños. Jamás le perdonaría aquello. Jamás entendería que lo había hecho por él.

Capítulo Once

–¿Qué demonios haces? –dijo Josh con los dientes tan apretados que podía oírselos rechinar.

Callie lo miró horrorizada.

La ira crecía dentro de él como una criatura viva, consumiendo su razón y haciendo que la vista se le nublara de furia. Deseó zarandearla y arrancarle la verdad, pero sabía que si cedía a ese impulso, sería una irresponsabilidad.

Como si pudiera leerle el pensamiento, Callie se puso fuera de su alcance y se levantó. El temor la hacía parecer más pálida de lo que estaba.

–Tenía que hacerlo, Josh.

–¿Tenías? No tienes derecho. Son una propiedad privada mía. Sabes lo que son para mí.

Tuvo que controlar su genio porque lo que de verdad deseaba era echarla de su casa.

–Sé que Bruce Palmer es tu padre. No puedo permitir que uses esas cartas contra él.

–¿No puedes? –repitió incrédulo–. No tiene nada que ver contigo, absolutamente nada.

–Sí tiene, ¿no lo ves? Tengo que protegerlos, me salvaron de la más horrible de las vidas, Josh. Había tocado fondo. ¡Me salvaron! No tienes ni idea. Les debo hacer todo lo que esté en mi mano para evitar que los destruyas y que te destruyas tú en el proceso.

—Me has engañado desde el principio, ¿verdad? —acusó dando un paso hacia ella con los puños apretados—. Esto, todo, ha sido una mentira detrás de otra.

—¡No! Ni siquiera quería aceptar tu maldito empleo. Me encantaba mi trabajo con Irene —protestó.

—Entonces, ¿por qué viniste a trabajar para mí?

—Sólo querías hacerles daño, ¿qué más da?

—¿Por qué viniste a trabajar para mí? —remarcó cada palabra con tanto cuidado que pensó que le iba a estallar la cabeza por tanta concentración.

Callie dejó caer la cabeza.

—Irene quería que te espiara.

—¿Espiar? ¿A mí? —soltó una carcajada que resonó en toda la estancia—. Así que estás detrás de la filtración sobre Flinders. Bueno, no era sólo el destino. Todo este tiempo he estado pensando que estabas conmigo y tú estabas traicionándome por la escoria que convirtió en un infierno la vida de mi madre.

Callie hizo un gesto de dolor por la dureza de sus palabras, pero él no podía sentir ninguna comprensión por el estallido emocional que había sufrido ella.

—Josh, la rabia que acumulas contra él... te está devorando por dentro. Te está robando lo bueno que hay en ti, todo para lo que tu madre te educó, y lo está reemplazando por la crueldad y la venganza. ¿Has leído esas cartas? —señaló con la mano los sobres carbonizados.

—Las he leído una vez, suficiente.

—Entonces no entiendes nada y nunca lo entenderás. Tenía que destruirlas antes de que consumieran todo lo que amo en ti.

—¿Amor? —sintió como si algo sucio hubiera llenado su boca al pronunciar esa palabra—. ¿Tratas de decir que me amas?

121

–¡Sí! –gritó ella apretando las manos–. Intentaba no hacerlo, Dios lo sabe, era lo último que quería y esperaba. No podría haber estado contigo como he estado si no te amara. Josh, eres el primer hombre con el que he hecho el amor.

–No me mientas. No eras virgen la primera vez que lo hicimos.

–No, no lo era, pero te estoy diciendo la verdad. De joven hice algunas elecciones sobre el sexo... elecciones que no tuvieron nada que ver con los sentimientos. En la calle una chica puede llegar a un punto en que hará cualquier cosa por cama y comida en pleno invierno, sobre todo cuando no ha comido en una semana. No estoy orgullosa de lo que hice, pero la cuestión es que lo hice porque tenía que hacerlo para sobrevivir. Pero después de esa última vez, juré que antes moriría que dejarme tocar así otra vez... a menos que confiara en él, lo amara, como confío en ti y te amo. Josh, no sabía que el sexo pudiera ser algo más. No sabía que hacer el amor podía ser algo como lo que he hecho contigo.

Había un doloroso sentimiento de verdad en su voz que hizo a Josh dar un paso atrás conmocionado. Evidentemente, ella creía que lo amaba, lo que sólo dejaba una posibilidad.

–Si eso es cierto, entonces tendrás que elegir, ¿no?

–¿Elegir? –dijo confusa.

–O te quedas conmigo o te quedas con los Palmer.

–Yo...

Su duda le dijo todo lo que necesitaba saber.

–Lo que pensaba, los eliges a ellos, ¿no?

Callie no dijo nada.

–Fuera –dijo en tono salvaje por el resentimiento–. Fuera de mi casa, fuera de mi vida. No te quiero ver. ¡Sal de aquí ahora mismo!

Trató de encontrar alguna satisfacción en lo rápidamente que salió del salón y corrió escaleras arriba. A los pocos minutos había bajado completamente vestida y con una bolsa de ropa y el bolso.

–Josh –imploró desde la puerta–, por favor, piénsalo otra vez. Prométeme que leerás las cartas otra vez. Esta vez léelas de verdad. Habla conmigo cuando te hayas calmado, cuando recuperes la razón.

–Oh, no he perdido la razón. ¿Sabes?, puede que no seas una Palmer por nacimiento, pero no eres diferente de ellos. Estás cortada por el mismo podrido patrón.

El sonido de la puerta al cerrarse tras ella le dijo que había dado en el blanco, y aun así, en medio del hedor de las promesas rotas, lo único que podía sentir era lo vacío que había quedado su espíritu y cómo sangraba por dentro.

Amor. ¿Qué sabía ella del amor? Si lo amara, se quedaría con él, no trataría de minar lo que había planeado desde los dieciocho años.

Se arrodilló y recogió lo que había quedado tras su intento de destrucción y dio gracias a la fortuna por haberla echado de menos en la cama y haberse despertado. Si no lo hubiera hecho, habría quemado todo.

Un par de cartas estaban carbonizadas, pero las demás se habían salvado de las llamas. Volvió a meterlas en el cofre y lo dejó con cuidado en su sitio. Seguía teniendo pruebas suficientes para hacer lo que quería, y lo haría. Vería el amargo final de toda esa historia.

***

Callie entró a su despacho en el edificio de Palmer Enterprises y trató de dominar el vacío que amenazaba con ahogarla. Debería sentirse aliviada por conservar un empleo al que podía volver. Un empleo que se había asegurado espiando a Josh y reforzando la viabilidad económica de la empresa de los Palmer.

Se arrastraba reacia escaleras arriba. Antes empezaba los días ansiosa por trabajar al lado de Irene. Todo le había dado una sensación de satisfacción y de trabajo bien hecho. Pero en ese momento todo se había vuelto gris. No había color en su vida, ni felicidad.

Desde el momento en que había llamado un taxi al final del acceso a la casa de Josh, hasta que había vuelto a entrar en las oficinas de Irene, había estado envuelta en hielo. Sólo al abrir su bolso y ver que allí seguían las notas que Josh le había dado tuvo la sensación de que un poco de vida atravesaba la cáscara helada que la envolvía. Esa vida le había reportado dolor. Un insoportable dolor.

Había hecho una bola con las hojas y las había tirado a la papelera. Habían estado allí todo el día, un recuerdo constante de un hombre completamente guiado por la venganza y que era totalmente incapaz de avenirse a razones. Las manecillas del reloj de su despacho habían llegado a las seis de la tarde cuando por fin se marchó. Si podía hacer más fuertes a los Palmer, darles una defensa más en esa batalla entre ellos y Josh, se la daría.

Alisó las hojas y se las llevó a Irene, que seguía en su mesa.

–Creo que encontrarás esto de alguna utilidad.

–¿Qué es? –tomó los arrugados papeles y los colocó delante de ella.

Se puso las gafas de leer y los miró durante unos minutos.

–Callie, eres consciente de lo que es esto, ¿verdad?

–Sí. Fue lo último en lo que trabajé antes de... –se quedó sin voz.

No podía pronunciar esas palabras, se le cerraba la garganta como si se le hubiera inflamado por las mentiras con las que se veía obligada a vivir por una pelea desesperada entre dos familias.

Irene se quitó las gafas y clavó su impenetrable mirada en Callie.

–Sé que todo esto con Tremont te ha supuesto mucho más desgaste del inicialmente previsto. No puedes dejar que esto te debilite. Si quieres tener éxito en este mundo, tienes que hacer lo que es debido... y en este caso, definitivamente has hecho lo correcto.

Callie se mordió el labio inferior. Lo que era correcto para los Palmer, quizá, pero en lo más profundo sabía que no había tenido éxito. No había conseguido quemar todas las pruebas que Josh tenía contra su padre. Aún podía usar las cartas para humillarlo públicamente y arruinar su nombramiento como cónsul en Guildaria antes de que se produjera, por mucho que fueran a estar en una posición más fuerte después del contrato con Flinders y con la información que le había dado en ese momento.

Tomando como ejemplo a la mujer que tenía delante, Callie se colocó el manto de gélida indiferencia que le había permitido sobrevivir a la noche.

–Gracias, Irene. Ahora, creo que por hoy está bien, me voy a casa.

Irene se despidió con un movimiento de cabeza.

Mientras conducía de camino a casa, Callie convirtió la calma gélida en un escudo de acero. Con un poco de suerte le serviría para el resto de su vida, porque estaba segura hasta la médula de que jamás se permitiría volver a ser tan vulnerable. Dolía demasiado. Sería la mejor en su trabajo. Disfrutaría de la amistad superficial y así pasaría la vida.

Quizá podría tener un gato, pensó. Algo que pudiera subsistir a su lado sin esperar de ella más de lo que podía darle y sin dar más de lo que ella podía aceptar. Pero aunque insistía en ese pensamiento, sabía que no podría. Sólo echaba de menos una cosa en su vida: Josh, y no podía aceptar ningún sustituto.

Faltaban dos semanas para Navidad y los alegres cantos y villancicos que sonaban en los ascensores del edificio la estaban volviendo loca. Subió hasta la planta de los ejecutivos y salió del ascensor aliviada. Ya era bastante duro ver a todo el mundo entrar en una fiebre de emoción que ella normalmente evitaba como para tener que soportarlo en su espacio de trabajo también.

En cuanto llegó a su despacho, supo que algo terrible había ocurrido. Adam Palmer la esperaba al lado de su mesa. Callie apenas lo había visto desde su boda, pero esas veces lo había visto feliz y relajado como no lo había visto nunca. En ese momento, sin embargo, la tensión se notaba en cada línea de su cuerpo, y su sonrisa de bienvenida se esfumó rápidamente.

–Callie, ven conmigo a la sala de juntas.

Su tono fue tan frío que se le hizo un nudo en el estómago. No había sido una petición, había sido una orden.

–Adam, ¿qué pasa?

–Lo hablamos allí –dijo y dejó que ella lo siguiera por el pasillo enmoquetado.

En todos los despachos vacíos por delante de los que pasaron oyó sonar teléfonos que nadie atendía. ¿Dónde estaba todo el mundo? La puerta de la sala de juntas, normalmente abierta, estaba firmemente cerrada y un rumor de voces atravesaba la barrera de madera.

Se hizo el silencio cuando Adam empujó la puerta.

–Siéntate, por favor, Callie –le dijo.

Callie hizo lo que le decía mientras recorría con los ojos la reunión de todos los ejecutivos situados frente a ella. Al final de la mesa, se sentaban Irene y Bruce Palmer. Doce pares de ojos acusadores la miraban haciendo que se moviera inquieta en la silla.

Adam se hizo cargo del procedimiento de inmediato.

–¿Es cierto que mientras trabajaste para Josh Tremont iniciaste una relación personal con él?

Callie miró a Irene. ¿Qué demonios? Irene le había dicho que hiciera todo lo necesario, y lo había hecho... con un gran coste personal. ¿Se lo iba a reprochar?

–Sí, pero...

–Y es cierto que pasaste información a Palmer Enterprises que nos permitió ganar el concurso de Flinders a Tremont Corporation –el tono de Adam era implacable.

–Hice lo que me habían mandado a hacer.

–La información que le diste a mi madre hace dos semanas, ¿quién te la dio?

–Josh, pero...

–¿Te engañó él o lo has hecho deliberadamente? –la interrumpió uno de los ejecutivos.

–¿Tienes idea de lo que nos ha costado esto? –gritó otro desde otro lado de la gran mesa.

–No sé de qué habláis. ¿Qué demonios pasa?

Callie se volvió hacia Bruce y la expresión que vio en él la conmocionó.

–La información que diste a Irene era una trampa, Callie. Vamos a perder millones... quizá todo –la voz de Bruce se quebró con las últimas palabras.

Callie notó que se le quedaba la boca seca. ¿La información era falsa? ¿Iban a perder millones? Los Palmer no estaban en una situación que les permitiera perder millones, no después de todo lo que habían perdido por Tremont Corporation. Había creído que el contrato con Flinders junto con la última información que les había pasado, les daría el empujón que necesitaban. Volverían a competir de igual a igual con Tremont. Pero en lugar de eso, los había metido en un cenagal.

De pronto fue consciente de lo que había pasado. Josh le había tendido una trampa. La había utilizado para hundir a los Palmer. Para hacer que se derrumbaran como llevaba tiempo pensando.

Unas manchitas negras pasaron por delante de sus ojos y sintió una opresión en el pecho que no le dejaba respirar. Miró a Irene desesperada.

–Pero tú sabes que jamás haría algo que os hiciera daño. Hice lo que me pediste que hiciera. Destapé al topo que teníamos aquí y que pasaba información a Josh Tremont. Te traje la información de Flinders.

–Los resultados, desgraciadamente, hablan por sí solos –dijo Adam–. Lo siento, Callie, pero conoces el procedimiento. Mientras se completa una investigación exhaustiva, estarás apartada de tu puesto.

Nada en su voz mostraba la camaradería que habían compartido siempre. Ni un atisbo de lo que había sido una fuerte amistad que se remontaba a antes de que hubiera empezado a trabajar para su madre.

Callie miró de nuevo a Irene. Le rogó en silencio que la apoyara, que dijera a los demás que se equivocaban. Que dejara claro que ella jamás haría daño a los Palmer deliberadamente.

–Irene... –imploró.

Irene evitó su mirada y de inmediato supo que no sólo Josh le había tendido una trampa, también era el chivo expiatorio de Irene Palmer. Qué tonta había sido al pensar que le importaba a alguien. Era poco más que un daño colateral en un juego de poder que jamás había tenido siquiera oportunidad de comprender. Todos esos años había pensado que significaba algo para Irene, para los Palmer, pero era desechable.

Su devastación fue completa. Y pensar que había querido proteger a Irene de las pruebas de la infidelidad de su marido... ¿Cómo podía haber sido tan ingenua? Si la fría burla que veía en el rostro de Irene en ese momento era un indicador, seguramente habría conocido la aventura de Bruce desde siempre.

Adam se dirigió hacia alguien que estaba fuera de la sala. El borrón azul que vio por el rabillo del ojo le hizo pensar en alguien de seguridad.

–Callie, lo siento, pero tenemos que hacerlo así –Adam la siguió fuera de la sala junto con el guardia, en su voz había sincero arrepentimiento–. Si hay algo más que pueda hacer...

–Podrías creerme, Adam. Podrías creer que en todo esto yo soy la parte inocente –rogó.

–Te creo, Callie. Y confía en mí, encontraré el modo de llegar hasta el fondo de todo esto. Al menos me aseguraré de que tengas las mejores referencias.

Callie miró hacia atrás al interior de la sala... a la acusación que se pintaba en las caras de muchos de los que estaban allí, a la distancia que ya sabía que había entre ella y la mujer a la que había considerado su mentora y amiga.

–Buena suerte con eso –dijo con amargura.

En un estado de aturdimiento y resignación, Callie se dejó escoltar hasta el garaje subterráneo del edificio. Se sumergió en el denso tráfico de Auckland sabiendo que su vida no volvería a ser la misma.

Sintió una oleada de rabia explotar dentro de ella. Rabia hacia Irene por permitir que ella cargara con las culpas por hacer lo que le había pedido, no, esperado, que hiciera. Irene la había manipulado de un modo tan efectivo como Josh Tremont. Había confiado en los dos y, al hacer algo así, había permitido que los dos jugaran con ella como con una mascota.

Ni siquiera le habían dado la oportunidad de contar su versión de la historia. Lo injusto de toda esa situación hacía que sintiera como una bola de plomo en el estómago. Había sacrificado su relación con Josh para protegerlos, para proteger a Irene y Bruce, y a Adam, y a todo el mundo que trabajaba para los Palmer. Había fracasado estrepitosamente.

Trató de racionalizar que si los Palmer no hubieran sido tan codiciosos y hubieran estado tan completamente decididos a acabar con Tremont Corporation y no hubieran entrado en una competición decididamente malsana, se habrían tomado su tiempo, habrían analizado las notas de Josh y habrían comprobado por sí mismos el escollo contra el que iban a estrellarse. Su codicia había anulado su sentido común, pero, al final, ella era responsable. Había sido ella quien les había entregado la información, daba lo mismo lo falsa que había resultado ser. La información se le había entregado a ella como algo confidencial. Fueran las que fueran las intenciones de Josh cuando había escrito esas notas, ella y sólo ella había sido quien había abusado de su confianza. Había tomado la decisión consciente de pasar la información a los Palmer.

La idea daba miedo. Había estado tan decidida a ser aceptada, a ser parte de un todo, que había comprometido su propia integridad. Primero con Josh y después con Irene. Sí, la habían utilizado, pero ella se había dejado. Y eso era lo más irritante de todo.

Había llegado el momento de hacer las cosas por sí misma. De empezar a actuar en función de lo que creía y de lo que era correcto. Estaba harta de ser un títere en manos de los demás.

De algún modo iba a arreglar lo que había estropeado. Y empezaría con Josh Tremont.

131

Capítulo Doce

–Tengo que verlo.

Oyó la voz mientras cruzaba el vestíbulo. Callie golpeaba impaciente con la suela del zapato mientras esperaba en el mostrador de visitantes de la torre Tremont.

–Señorita Lee, el señor Tremont ha dejado meridianamente claro que no quiere que se la permita entrar en el edificio –dijo el guardia desde detrás del mostrador.

–Vamos, Ted, por favor, tengo que hablar con él. Llámale por teléfono.

–No será necesario.

Hizo una mueca de dolor al oír su voz. Bien, pensó él. No tenía ningún derecho a estar allí y si su discurso la ponía nerviosa, entonces se iría antes.

–Gracias, Ted. Yo me ocupo de la señorita Lee. Será sólo un minuto.

Agarró a Callie del brazo, ignoró la calidez de su piel bajo sus dedos que le recordó lo suave que era la piel de todo su cuerpo. Se recordó a sí mismo que ese encuentro era desafortunado, pero necesario e inevitable. Era evidente que no le había entendido cuando la había echado.

La llevó a la fuerza hasta un ascensor. Metió su tarjeta en el lector y pulsó un botón. Las puertas se cerraron y Josh la miró. Sabía que la expresión de su rostro era cualquier cosa menos amigable.

–¿Qué haces aquí? –exigió saber.

–¿Por qué no vamos a tu planta? –preguntó Callie.

–Querías hablar conmigo. Tienes mi completa atención los próximos cinco minutos. Ahora, habla.

–No, así no.

Estaba llena de ira. Sus ojos castaños normalmente atractivos eran duros y del oscuro color del cerezo. Trató de mantener sus observaciones en un nivel desapasionado, pero el golpe primario de su libido lo venció. Incluso tan distante como pretendía mantenerse, cara a cara aún le afectaba a un nivel básico que no podía controlar. Y ser consciente de ello le hizo necesitar alejarse aún más.

Alzó una ceja y esperó a que ella siguiera.

–Deliberadamente me diste una información que haría daño a Bruce Palmer.

–Tú se la diste a ellos.

–¿Cómo has podido hacer algo así?

–Negocios –suspiró–. Esto es una pérdida de tiempo. La otra noche dejaste muy claro dónde estaban tus lealtades y no era conmigo. Que les pasases esa información es la prueba definitiva.

Y eso, tenía que admitirlo, le dolía más de lo que había previsto. Las últimas dos semanas habían sido un infierno. Ni siquiera había empezado a buscar una nueva asistente. De todos modos, tan cerca de Navidad, a quién le importaba. No, tenía que ser sincero. Había intentado convencerse de que ya no confiaba en que nadie trabajara tan cerca de él, pero era mucho más que eso.

Había echado dolorosamente de menos a Callie,

una añoranza que no quería ponerse a examinar. La última vez que se había sentido tan desolado, tan perdido, había sido tras la muerte de su madre. Pero Callie no era nada parecida a su madre. No le había resultado difícil recordarse eso.

–Lo que les ha sucedido a tus jefes no es más que lo que merecían.

–¿Era todo mentira, Josh?

La miró a los ojos y se contuvo de responder lo primero que acudió a sus labios. Ella debería saber de mentiras.

Callie redujo la corta distancia que había entre los dos y le puso una mano en el pecho, sobre el corazón.

–Tenemos algo aquí. Algo especial. Sé que lo he echado todo a perder, pero por favor. ¿No vas a escuchar mi versión, mis razones?

–Tú y yo no tenemos nada más de qué hablar. Aceptaste el trabajo que te ofrecí como un pretexto. Has abusado de tu posición de confianza para pasar información a otra gente que sabías que eran mis enemigos tanto personal como profesionalmente. ¿Por qué demonios habría de creer que cualquiera de las demás cosas que hemos compartido habrían de ser distintas? –hizo una pausa–. Para ser sincero, has ido más allá del deber acostándote conmigo. No creo que ni siquiera Irene Palmer esperara que hicieras algo así.

No le pasó por alto la mirada que vio en los ojos de ella y sintió que se le helaba hasta lo más hondo el corazón por la verdad que vio reflejada en esos ojos. Le agarró la mano y se la quitó del pecho.

–Así que sí esperaba eso de ti. Y como un títere bien entrenado hiciste exactamente lo que ella te decía. Bueno, espero que se ocupen de ti, Callie. Eres la empleada del mes.

–Ya te lo he dicho. No habría podido hacer eso si no me hubiera enamorado de ti. No soy así.

–Creo que una vez hablaste de cama y comida. Por mucho que lo disfraces, esto no es distinto.

–Josh –se le quebró la voz–, te amo.

–Pues lo siento por ti, porque yo no podría amar jamás a alguien en quien no confiara y no confío en ti.

Mientras hablaba sentía una puñalada de dolor como una sombra que se clavaba dentro de él. Apretó el pulsador del ascensor y las puertas se abrieron. Mientras ella se alejaba, apretó los dientes y se obligó a pulsar el botón que cerraba las puertas y lo mandaría a su despacho, donde aún estaba la presencia de ella, a pesar de que había hecho quitar sus cosas y recoger su mesa.

Se había acabado, el daño estaba hecho. Lo que sólo dejaba una tarea pendiente.

Josh, disgustado, tiró sobre la mesa del desayuno los periódicos. ¿No había otra forma mejor de informar de los preparativos de la Navidad? ¿La expectación por el nombramiento del cónsul en Guildaria de verdad merecía tanta cobertura?

En realidad, no sabía por qué le molestaba tanto. La cobertura mediática aumentaba el interés. Interés que superaría la escala de Richter cuando sacara a la luz la clase de hombre que era el candidato.

Paseó por el salón y dio unas palmadas en el cofre de su madre. Lo abrió, no se había preocupado de volver a cerrarlo. ¿Qué sentido tenía? Era como si cerrándolo pudiera mantener lo que había pasado dentro.

Pero se acercaba el momento de dejarlo salir. De utilizar lo que había dentro y lograr finalmente alguna recompensa por el sufrimiento de su madre y su temprana muerte. Ése era el día que planeaba enviar las cartas a los medios. Habría apostado toda su fortuna a que competirían entre sí para caer sobre el hombre que aún ensalzaban.

Sólo tendría que enviar las cartas a los diarios nacionales y listo. Después sólo le quedaba sentarse a disfrutar de la caída pública de Bruce Palmer con profunda satisfacción. Aunque, por alguna razón, la satisfacción que pretendía en el fondo sabía que no la lograría. En contra de su voluntad, las palabras de Callie resonaban en su cabeza.

«Prométeme que leerás las cartas otra vez. Esta vez léelas de verdad».

Incapaz de ignorar esa pulsión por más tiempo, sacó la primera con cuidado y, después de volver a dejar el cofre en el estante, la sacó del sobre.

Se sentó en un sillón y desdobló las hojas de papel chamuscado en los bordes. Recorrió las palabras con la mirada. Palabras de amor de un hombre casado a su madre. Palabras que prometían la luna, además de un amor inmortal.

Acabó la carta y buscó la siguiente.

Diez minutos después, le ardían los ojos al leer desde la segunda hasta la última. Sufría fatiga visual, eso era todo, se dijo. Pero en lo más profundo de su ser sabía que no podía mentirse más tiempo. Con la madurez que daban los años y sin la rabia del dolor de un adolescente, había leído las cartas de otra manera.

Con cada una su ira había bajado un grado. Su amargura se había atenuado. Había matices en las cartas que le habían pasado desapercibidos la primera vez. Matices que hablaban a gritos de lo desgraciado e infeliz que había sido Bruce en su matrimonio con Irene.

No eran las palabras de un hombre a una mujer que veía como una aventura ocasional. Todas las cartas empezaban con «Mi muy querida Suzanne» y terminaban con un «Tuyo para siempre, Bruce». Aunque el resto de su vida indudablemente había sido muy duro, su madre había conocido el auténtico amor. Sólo por eso, Josh pudo encontrar un destello de agradecimiento.

¿De verdad Bruce habría planeado dejar a su mujer como había prometido? Para empezar una nueva vida con su madre. Así parecía. Pero ¿qué había pasado para que eso no llegara a suceder? ¿Para que la hubiera echado de su lado con tanta rudeza?

Dejó la carta que acababa de leer y sacó del cofre el último sobre. Sacó la hoja mecanografiada, una antigua versión del papel con membrete de Palmer Enterprises y el cheque que su madre nunca había cobrado.

¿Cómo había pasado Bruce de hombre devotamente enamorado a la criatura fría y calculadora que había mandado esa carta y ese cheque y le había dicho a Suzanne que desapareciera? No tenía sentido, pero para su madre había tenido el suficiente como para haber hecho las maletas, haber abandonado la casa en que vivía en Auckland y haberse subido al primer autocar hacia el sur.

Miró inexpresivo la ya oxidada grapa que unía el

cheque a la carta y leyó la cantidad de dinero que Bruce Palmer había pensado que costaba librarse de su amante para siempre. Una suma ridícula tantos años después, pero que entonces, para su madre habría marcado la diferencia.

Ya no importaba. Nada importaba. Suzanne estaba muerta y ninguna cantidad ni ninguna venganza se la devolvería.

Reunió las cartas para meterlas en el arca, pero algo le paralizó la mano. Una duda que se le quedó en el fondo de la mente.

Volvió a sacar la carta con el cheque y volvió a estudiarla.

—Vaya, maldita sea... —dijo al salón vacío.

No había esperado que Irene Palmer accediera a verlo tan fácilmente, pero parecía que quien fuera que desempeñara la función de asistente suya en esos días desconocía que se le consideraba persona non grata en el edificio de Palmer Enterprises. Las miradas que recibió en su recorrido hasta el despacho de Irene le habrían hecho reír si no hubiera estado tan completamente decidido a llegar a su destino.

Pero esas miradas no fueron nada comparadas con la expresión del rostro de ella cuando entró en su despacho.

—Su cita de las diez está aquí, señora Palmer —dijo su secretaria abriéndole la puerta.

—Mi ci... —se levantó de la silla—. ¡Tú! Llama a seguridad, Anna. Este hombre no debería estar aquí.

—Creo que vas a descubrir que quieres verme, Irene.

Josh sacó la carta mecanografiada y el cheque del

bolsillo y lo puso en la mesa delante de ella. Casi podría haber sentido lástima de ella al ver el color desaparecer de su rostro y contemplarla dejarse caer en la silla.

—¿Señora Palmer? ¿Aún quiere que llame a seguridad?

La joven parecía asustada. Josh habría apostado una buena suma a que nadie jamás había visto a Irene Palmer en una posición de desventaja.

—No, ya no —se pasó una mano por los labios ligeramente morados en las comisuras—. Por favor, cierra la puerta al salir.

En cuanto se cerró la puerta, Irene pareció sacar fuerzas de no se sabía dónde. Josh tuvo que reconocer que le provocó admiración. No mucha gente se recobraba de una conmoción semejante con tanto aplomo en tan poco tiempo. Incluso sentada tenía que reconocer que lo miraba con displicencia. Como si fuera un chicle pegado en la suela de su zapato.

—Así que tú eres su hijo —dijo casi para sí misma—. Ahora todo tiene sentido.

Sin esperar su invitación, que dudó hubiera llegado a producirse, depositó su cuerpo en el sillón de cuero que había frente a la mesa.

—¿Qué le dijiste a mi madre para que se marchara?

—¿Qué te hace pensar que le dije algo?

—No me trates con condescendencia, Irene. Los dos sabemos que no fue Bruce quien le dijo que se marchara. Es tu firma la del cheque.

Irene pareció estremecerse un poco bajo la mirada de él.

—Fue patéticamente fácil. Tanto como lo era ella. Josh apretó la mandíbula por el deliberado insul-

139

to que había dirigido a su madre. Reunió fuerza por
la certeza de que sus palabras eran mentira. Su madre
nunca había sido fácil. Había sido una madre entre-
gada y una dama. Y si había ansiado la compañía masculina después de su aventura con Bruce, había re-
primido ese deseo y puesto las necesidades de su hijo
por encima de todo lo demás en su vida.

Como él no reaccionó visiblemente a su comentario, Irene continuó.

–A Bruce y a mí nos estaba costando empezar a
formar una familia, habíamos perdido la esperanza,
el fracaso nos separó. En muchos sentidos fue un alivio cuando recurrió a ella en busca de calor y siempre
le agradecí su discreción. Sabía que si la sospecha de
su relación con ella se filtraba, eso sería muy destruc-
tivo para mí. Nadie más lo supo nunca –hizo una pausa–. Cuando me quedé inesperadamente embarazada, supe que tendría que luchar para conservarlo y
estaba decidida a ganar. No había luchado para levantar todo esto –señaló con la mano lo que la rodeaba–
con mi marido para perderlo por una aventurilla de
Bruce con su secretaria. Sabía que mi embarazo me
proporcionaba la munición para que Bruce la dejara,
pero me di cuenta de algo. Tu madre se hacía la ropa
y no hizo falta un ojo experto para darse cuenta de
que había empezado a sacarse las costuras de los ves-
tidos, o para reconocer la fragilidad en su rostro. Notaba la misma debilidad en mí todas las mañanas.

–Así que te enfrentaste con ella.

–Sí, me enfrenté. ¿Crees que iba a dejarle lo que
Bruce y yo habíamos levantado para nuestro propio
hijo? Bruce es la clase de hombre que se habría quedado a su lado; le habría dado a su hijo, a ti, todo lo

que nuestro propio hijo merecía. Era imposible que permitiera que los derechos de mi hijo se diluyeran por su bastardo –se levantó de la silla y empezó a pasear–. Sabía que ella no podía haberle dicho nada del embarazo todavía, Bruce habría hecho algo para dejarme y no iba a dejar que me eclipsara. Así que fui a verla a esa pensión en la que vivía y le dije que se había terminado. Que Bruce me había confesado su aventura con ella y que ya no la quería.

Irene soltó una carcajada que retumbó en los oídos de Josh.

–Le dije que Bruce quería que abandonara Auckland. Se opuso y me dijo que sabía que Bruce la amaba. ¡La amaba! Pero al final la convencí. Le di la carta y el cheque y le dije que usara el dinero para deshacerse del niño que esperaba. Esa noche volví a casa y le dije a Bruce que estaba embarazada. Se puso muy contento, y el resto, como se suele decir, es historia. Trató de encontrarla, supongo que para dejarla de un modo más suave, pero ya se había ido.

No le sorprendió que su madre no hubiera cobrado ese cheque, era dinero sucio.

Que Bruce había amado a Suzanne era completamente evidente. Había leído las cartas. Había visto el temor en los ojos de Irene, un miedo que aún seguía ahí.

Josh había escuchado la invectiva de Irene con los puños apretados. Esa mujer era venenosa. Había jugado con sus vidas, con todos ellos como si fueran las piezas de un ajedrez.

–Fuiste tú quien me mandó la carta cuando mi madre murió y traté de ponerme en contacto con Bruce.

–Por supuesto. Había protegido a mi familia de esa mujer durante más de dieciocho años. ¿Crees que iba a estar menos vigilante después de tanto tiempo?

–Tenía derecho a saber que ella había muerto. Tenía derecho a conocerme a mí.

–Mi marido jamás te reconocerá como hijo suyo –afirmó con una voz tan fría como el Antártico.

–Eso a mí ya no me importa, Irene. Como ves, aunque pensabas que lo hacías todo bien para proteger a tu preciosa familia, tú, y sólo tú, has sembrado las semillas de la destrucción de lo que más querías salvar.

–¡Cómo te atreves! Has sido tú. Tú eres el cerebro de todo esto. Incluso has utilizado a esa pobre chica para realizar tus planes dementes.

–Si con «pobre chica» te refieres a Callie, creo que deberías preguntarte por qué la has estado formando durante tantos años y después la cargas con la culpa cuando todo sale mal. Qué clase de persona busca entre los más vulnerables como has hecho tú con ella y luego le hace creer que casi pertenece a tu familia, que tiene un lugar en tu mundo, para después, cuando ya no te sirve, tirarla a la basura como si ya no tuviera ningún valor. ¿Así es como mides a todo el mundo en tu vida? ¿Por lo que pueden hacer por ti?

Josh cerró los ojos un momento para recomponerse. Necesitaba hasta el último gramo de autocontrol que pudiera reunir.

–Me das pena, Irene, porque todo lo que tienes, tu marido, tu negocio, todo tu mundo, está basado en la mentira. Dices que todo lo has hecho para proteger a tu familia, pero sólo has hecho lo que has hecho por tu propio miedo. Miedo al rechazo, miedo al fracaso. Y cuando la verdad salga a la luz, ¿quién va a ponerse de tu lado?

El rubor ocupó zonas de las mejillas de Irene, pero en sus ojos había miedo. Se daba cuenta de que tenía miedo de él y la amenaza afectaba a toda la estructura de su mundo.

–¿Me estás amenazando con ir a los medios de comunicación? Te voy a poner una demanda judicial tan rápido que no vas a saber quién te pone la mordaza. No vas a estropear mis planes. Palmer Enterprises se recuperará de tu intento de desestabilización y cuando Bruce y yo nos marchemos a Guildaria, él será la joya de la corona diplomática porque lo protegí de ti.

–No, no voy a ir a los medios, ya no. Tampoco voy a hacer pedazos Palmer Enterprises. No vales ese esfuerzo. Además, creo que mi padre y mi hermano se merecen algo mejor que eso. Pero lo que decidas hacer tú será la clave de lo que decida tu futuro y tus sueños y los de los Palmer. Y si todo tu mundo se viene abajo, sabrás que tú eras la única persona que podía haber hecho algo para evitarlo.

No era consciente de cómo había salido de la oficina y bajado en el ascensor, pero en cuanto salió del edificio de Palmer Enterprises experimentó una sensación de libertad que no había sentido nunca.

Libertad mezclada con la pena por la fatal historia de amor que sus padres habían tenido. Durante demasiados años había creído que su padre era un hombre infame. Un hombre poderoso que había tenido en sus manos su destino y el de su madre. Pero había sido una víctima de su propio mundo. Un hombre que había tardado en actuar y que había sido débil.

Sí, pero incluso a pesar de todo eso, había hecho

143

feliz a Suzanne, aunque hubiera sido un espacio corto de tiempo. Y era muy elocuente que su madre jamás hubiera hablado mal de él. Jamás había hecho un reproche. Tenía que haberlo amado hasta el día de su muerte y ese amor era un regalo por poco tiempo que hubiera sido correspondido.

Sintió un profundo dolor en el pecho. Tenía la oportunidad de conocer esa clase de amor. Callie se lo había ofrecido y se lo había tirado a la cara como si fuera un puñado de malas acciones de bolsa.

Se acercó a un taxi. No podía perder el tiempo que tardaría en sacar su coche del aparcamiento. Ya había cometido demasiados errores en nombre de la codicia. No iba a cometer más.

Capítulo Trece

Callie ignoró el sonido del timbre de la puerta. No estaba de humor para discusiones teológicas ni ventajosos contratos de tarjetas de crédito. Ese día, no... ni nunca.

Desde que había sido suspendida en Palmer Enterprises, vivía en una especie de limbo, sin energía siquiera para vestirse todos los días. En el fondo de su triste existencia yacía una sensación de pérdida y de dolor que hacía que durmiera a intervalos durante las horas más oscuras de la noche.

Sonó de nuevo el timbre, pero siguió ignorándolo.

–Vamos, Callie, sé que estás ahí.

¿Josh? ¿Qué quería? ¿No había dejado suficientemente clara su postura ya? Fuera lo que fuera, no se sentía preparada para más maltrato emocional. Lo ignoraría. Al final se marcharía.

Volvió a sonar, pero seguido. Bajó las escaleras corriendo y abrió la puerta.

–¿Qué? ¿Listo para otro asalto conmigo? Pues estoy harta de peleas, así que fuera de mi vista.

–La última vez que hablamos me dijiste que querías contarme tu versión de los hechos. Entonces no estaba preparado para escucharte, ahora sí.

–Ah, sí, todo a tu ritmo. Lo siento –dijo sarcástica–. No tengo tiempo en mi repleta agenda de desempleada.

–Callie, por favor.

Traspasó el umbral de la puerta haciendo que ella se echara para atrás. Debería haberse sentido amenazada, pero en lugar de eso su cuerpo traidor lo que deseó fue aplastarse contra él. Sentir su fuerza y su calor hasta que desapareciera todo el dolor.

El sonido de la puerta al cerrarse hizo que diera otro paso atrás.

–Cuéntame –presionó él.

Había en su voz una nota de sinceridad que le hizo detenerse. No era la clase de hombre que pedía algo y tampoco era de los que abandonaba sin obtener respuestas. Se encogió de hombros resignada y dejó que la siguiera a la cocina, donde sacó un cazo y lo puso bajo el grifo.

–¿Café?

–Si tú vas a tomar.

Resopló y afrontó la tarea de tener que preparar café. Instantáneo, no hecho. No iba a preocuparse mucho por un hombre que la había casi escupido dos veces en un mes. Y ella se lo había permitido. Ella misma se lo había buscado al ir a verlo la segunda vez con la esperanza de poder apelar a su bondad. La bondad que sabía había en el fondo del implacable hombre de negocios que dominaba el mercado como un señor feudal.

Finalmente, puso una taza en la mesa de la cocina delante de él sin prestar atención al líquido marrón que se derramó por los lados.

Si hubiera tenido un mínimo de orgullo, le habría preocupado que su pelo fuera una maraña y que los pantalones cortos y la camiseta de dormir que llevaba hubieran visto mejores días. Su atuendo estaba a años luz del sugerente camisón que llevaba la última vez que habían hecho el amor. Sintió un nudo en el pecho. No tenía que pensar en esa noche, en todas las demás que habían compartido. En cómo se habían entregado y recibido, ambos superados por un deseo insaciable.

Había tenido mucho tiempo para pensar en ello y ya se había cansado. Sabía que había actuado como una tonta, impulsivamente. Pero lo había amado con todo su corazón, su cerebro y su cuerpo... y él había aceptado ese amor y después lo había usado contra ella.

–¿Por dónde quieres empezar? –preguntó él bebiendo un sorbo de café e ignorando las gotas que caían de la base de la taza sobre su traje.

–¿Por qué ahora, Josh? Antes no te interesaba –dijo sin rodeos.

No tenía prisa por reabrir las heridas emocionales que habían empezado a sanar.

–Porque estaba equivocado. Tenías razón. Me doy cuenta ahora. Estaba dominado por la ira y la frustración por encima de algo de lo que no sabía nada. Algo que ni siquiera tenía la madurez de comprender. Estaba retorcido por dentro y dejé que la amargura me hiciera incapaz de ver las cosas desde otro punto de vista que no fuera el mío –dejó la taza en la mesa y suspiró–. Hice lo que me sugeriste. Volví a leer las cartas. Esta vez las he leído de verdad. Cómo no pude ver lo que mi madre significaba para él la primera vez que las leí es algo que jamás entenderé.

–Estabas demasiado entregado a tu propio dolor. No puedes ser tan duro contigo mismo.

–Fuera lo que fuese, no debería haber permitido que aquello condicionara toda mi vida. Me volvió alguien que ya no me gusta.

–Aún te amo –dijo sin tener tiempo de pensarlo.

–No merezco tu amor, Callie. Te mereces algo mejor que yo, más de lo que yo puedo darte.

–Josh, si hubieras podido darme tu amor a cambio, eso habría sido suficiente. Sé lo que es no ser amada. Mis padres nunca quisieron tener una hija. Cuando llegué yo, no fui la bendición que sus amigos les dijeron que sería. Me dieron lo justo para sobrevivir, apenas me soportaban. Es cierto que se aseguraron de que comiera, me vistiera y fuera al colegio, pero nunca me quisieron –hizo una pausa–. Se querían el uno al otro y al mismo tiempo se odiaban. Su relación era simbiótica y destructiva a la vez. Ambos bebían en exceso y también consumían otras drogas. Mi madre era la peor. Se ponía violenta cuando estaba enfadada, y se enfadaba muchas veces. Cuando no obtenía de mí la respuesta o el respeto que ella se creía que merecía, pasaba del maltrato psicológico al físico. Mi padre no lo evitaba –apretó los labios–. El día que cumplí catorce años me pegó más de lo que lo había hecho nunca. Tuvieron que llamar a una ambulancia, pero ninguno de los dos me acompañó al hospital. Cuando los médicos vieron mis heridas, llamaron a la policía, pero cuando llegaron a nuestra casa, ellos ya se habían marchado. Nadie sabía dónde se habían ido. Supongo que salieron del país. En aquella época no había el control de fronteras que hay ahora.

Se quedó en silencio recordando la visita de la trabajadora social y cómo le informó de que estaba bajo la tutela del estado mientras ella se juraba en silencio no volver a estar bajo el control de nadie.

–En cuanto estuve lo bastante bien, me marché del hospital y me eché a la calle. No fue complicado desaparecer en el submundo, aprender a esconderme y saber dónde estaba a salvo.

–¿Los servicios sociales no te buscaron?

–Seguramente sí, pero no tardé mucho en adaptarme a mi nuevo estilo de vida y fue más fácil de lo esperado y mejor que donde estaba antes. Sobreviví así dos años hasta que las cosas se pusieron realmente peligrosas. Ahí fue cuando la gente de Irene me encontró.

–¿Más peligroso que vivir en la calle? Callie, ¿qué años tenías? ¿Dieciséis?

Lo miró por encima de la mesa. Por muy dura que hubiera sido su infancia, no sabía de verdad lo cruel que podía ser la vida. Al menos él había tenido a su madre.

–Mi último invierno en la calle fue más difícil que los dos anteriores. Más lluvioso, más frío... mucho más triste. Había un tipo por quien sentía afecto. No vivía en la calle, pero pasaba mucho tiempo allí. Eso debería haberme puesto en alerta, pero no fue así. Siempre había estado fuera de mi entorno, pero una noche me buscó activamente y me ofreció llevarme a su casa a pasar la noche. Sabía exactamente lo que pretendía, y odio admitirlo ahora, pero hacía mucho frío y estaba cansada, mojada y muerta de hambre. Habría hecho cualquier cosa por un sitio caliente y unas sábanas limpias por una noche. Así que me fui con él.

Su voz se desvaneció entre los recuerdos del amargo frío y de la desolación. Notó un calor en sus manos, el ánimo que en silencio le infundía Josh por encima del temor y los malos recuerdos.

–Descubrí después que no era tan joven como parecía. Utilizaba su aspecto juvenil para buscar chicas y las ponía a trabajar para él una vez que las había hecho totalmente dependientes de él y de las drogas que les daba. Yo fui una de las afortunadas. Hubo una redada una mañana y me mandaron a una de las instituciones de Irene.

Enlazó las manos con las de Josh como si así reuniera la fuerza necesaria para seguir adelante con lo que le estaba contando.

–Ella me salvó, Josh. Me salvó y me hizo volver a ser alguien completo. Me hizo ver que podía ser lo que quisiera ser. Hacer cualquier cosa que quisiera hacer si lo deseaba con la fuerza suficiente. Se lo debía todo.

–Y ella se aprovechó. Te utilizó y te abandonó cuando más la necesitabas.

–Es siempre igual –dijo con amargura–. Jamás consigo despertar en la gente lealtad hacia mi persona.

–Conmigo sí lo has hecho.

–No, a ti también te he fallado.

–Nadie es perfecto, pero tú te diste cuenta antes que yo de que estaba equivocado y que lo que estaba haciendo era una equivocación. Fuiste muy valiente, Callie, casi me das miedo. Te enfrentaste a mí no sólo una vez, sino dos. Te plantaste para defender que creías en mí. Y eso es un regalo que quiero conservar para siempre... a ti, tu amor. ¿Podrás perdonarme alguna vez?

–¿De verdad has olvidado todo eso? ¿La rabia? ¿La necesidad de venganza?

–Seré sincero. He descubierto algunas verdades que han redirigido mi ira. Irene separó a mi madre y a Bruce... fue ella la que dijo a mi madre que se fuera y le mandó el dinero, fue ella la que interceptó mi carta cuando escribí diciendo que mi madre había muerto. Irene había descubierto que estaba embarazada y no quería que ese hijo usurpara los derechos del suyo. Convenció a mi madre de que Bruce ya no la quería y de que se fuera. Irene estaba detrás de todo... fue una maldita manipuladora. No pienso dejar que infecte mi vida con su veneno por más tiempo. Y tampoco va a contaminar la tuya.

–¿Y Bruce? ¿Qué pasa con las cartas?

–He pensado que debería destruirlas. Mandarlas al pasado al que pertenecen. O quizá deberíamos devolvérselas a él. Al fin y al cabo son suyas, ¿no?

Callie no podía creer lo que estaba oyendo. ¿De verdad había olvidado la ira? Había sido su motor durante mucho tiempo, había sido una parte importante de lo que había forjado su carácter. Olvidarla dejaría un vacío en su vida, una falta de objetivos.

–Creo que lo que decidas estará bien –dijo ella cauta.

–¿Así que tengo tu perdón?

–Claro que sí. Pero ¿me puedes perdonar tú a mí? Te mentí, deliberadamente traté de minar tus proyectos.

–Te amo, Callie, incluso aunque no hubiera estado equivocado, podría perdonártelo todo si sé que tú me amas.

Las lágrimas inundaron los ojos de Callie y se las secó llena de felicidad.

–Sí, sí. Te amo, Josh. Siempre te amaré.

–Entonces ven conmigo. Quédate conmigo. Cásate conmigo. Formemos la familia que los dos siempre hemos querido. La familia que los dos nos merecemos.

–Lo haré con una condición –dijo sonriendo entre las lágrimas.

–Dila, la cumpliré.

–¿Me llamarás Callie Rose?

–Siempre.

Se levantó de la silla, se acercó a ella, la rodeó con sus brazos y aceptó el amor que le ofrecían sus labios. Ella le devolvió el beso y su fe en un futuro más feliz. Y cuando lo llevó al piso de arriba, a su dormitorio, fue para mostrarle con su cuerpo, su amor, lo que significaba para ella.

La luz del sol se colaba por las rendijas de la persiana y envolvía a los dos con un brillo dorado, un presagio de esperanza en dos vidas en las que ya había habido suficiente sufrimiento. Le apartó la ropa del cuerpo y le pasó los dedos sobre los anchos hombros, el fuerte pecho, recorriendo cada músculo, notando en los dedos su reacción.

Cuando los dos estuvieron desnudos, lo llevó a la cama y continuó con la exploración de su cuerpo, encantada de cómo la piel se estremecía bajo sus caricias. Amándolo. Y cuando se arrodilló encima de él y lo recibió en su cuerpo, sintió una cercanía con él que antes había echado de menos. Finalmente no había secretos entre ellos. Finalmente podían entregarse sin sombras del pasado que se interpusieran entre los dos.

Mientras subía y bajaba encima de él, ese sentimiento dejaba paso al placer y el placer a ese sentimiento, hasta que los dos llegaron al límite y lo superaron para pasar a un plano de pura felicidad, pura delicia. Puro amor.

Después, mientras sus cuerpos se enfriaban y recuperaban el aliento, Callie se deleitó en el sonido del latido del corazón de Josh bajo su mejilla... ese corazón que latía por ella. Después de todo por lo que habían pasado, de lo que habían hecho, lo habían superado juntos y eso hacía que lo suyo fuera más fuerte.

Los dedos de Josh trazaban círculos perezosamente en su espalda. Podría quedarse así para siempre, pensó ella con una sonrisa. Pero tendrían mucho tiempo para estar así. Tenían toda una vida por delante.

–¿Sabes? –dijo tranquila–. Me da pena ella.

–¿Irene? No merece tu compasión.

–Sí, creo que sí. Me ayudó, Josh. Sé que me arrojó a los lobos cuando todo empezó a derrumbarse, pero en el fondo me da pena. Ha luchado por lo que creía: su familia, su seguridad, su futuro. En realidad lo que ella ha hecho no es tan distinto de lo que tú les has hecho. Es como si todo se cerrara en un círculo.

Josh estuvo en silencio algún tiempo antes de volver a hablar.

–Odio reconocerlo, pero tienes razón. La diferencia es que yo he dado un paso atrás antes de que fuera demasiado tarde.

–Así que no vas a hacer público que Bruce es tu padre.

–No. Ni siquiera voy a decírselo a él. Me doy por satisfecho con saber que amaba a mi madre de verdad. Al menos ella tuvo eso, no importa lo que durara.

Callie alzó la cabeza y lo miró a los ojos, que encontró inesperadamente llenos de lágrimas.

–Te amo, Josh Tremont. No te merezco, pero te amo y te prometo que te amaré hasta que me muera.

–Eso es todo lo que quiero –dijo rodando encima de ella–. Y quiero que sepas que pasaré cada día de aquí en adelante amándote exactamente de la misma manera.

***

Pasaron el resto de la tarde haciendo el amor y preparando el equipaje de Callie que cabía en su coche y volviendo a hacer el amor. Era casi de noche cuando llegaron a casa de Josh. Al llegar a la entrada, Callie se dio cuenta de que las puertas estaban abiertas.

–¿Te has dejado las puertas abiertas? –preguntó.

–Tenía prisa esta mañana.

–Hay un coche fuera de la casa.

Subieron por el camino hacia el Mercedes negro que estaba parado en la zona de giro. Un Mercedes que a Callie le resultó familiar. Se quedó sin aliento y se le hizo un nudo en el estómago. Josh detuvo el coche y salió.

El nudo del estómago de Callie se apretó aún más cuando vio que quien bajaba del Mercedes era Bruce Palmer. Si en la sala de juntas le había parecido envejecido, no era nada comparado con cómo le pareció en ese momento.

Su color era cetrino, tenía los ojos enrojecidos y parecía encogido.

A través de la puerta abierta de Josh oyó la temblorosa voz del hombre.

–Irene me lo ha contado. ¿Eres mi hijo?

–Sí –dijo con énfasis Josh.

El dolor y la felicidad se cruzaron en el rostro de Bruce.

–¡Mi hijo! –dijo con las lágrimas corriéndole por las mejillas.

Los dos hombres se abrazaron como si nada pudiera separarlos.

Al ver a Bruce abrazar a su primogénito por primera vez, Callie supo que por fin todo estaba arreglado. El nudo que sentía dentro se soltó y salió del coche.

Después de preparar café, Callie dejó a los dos hombres solos y subió al piso de arriba. Colocó sus cosas y después, para no interrumpir, salió al balcón de la habitación. Miró la colina y el agua de más abajo y se preguntó cómo les estaría yendo. Cómo afrontarían el descubrimiento que habían hecho.

No oyó a Josh llegar. Simplemente notó su calor y su fuerza en su espalda, sus brazos en la cintura. Se apoyó en su pecho.

–Tiene que irse. El nombramiento de cónsul es esta noche, pero quiere volver mañana... para pasar parte del día de Navidad con nosotros. Dice que se ha perdido demasiados y no quiere perderse éste.

–Así que ¿todo bien?

–Mejor que bien. No sabía cómo me iba a sentir al verlo cara a cara. Cuando él supiera que es mi padre. Pero ha sido increíble. Me ha hablado de mi madre, de cómo trató de encontrarla cuando se marchó, pero ella desapareció muy bien. Siguió mirando el censo electoral durante años para saber si estaba bien. Al final llegó a la conclusión de que debía de haber salido del país –respiró hondo–. Le he dado las cartas. Le he explicado lo que intentaste hacer y hemos decidido que era lo mejor. Ha acabado lo que tú empezaste.

–Me alegro.

–Sí. Sé que no se puede estancar uno en el pasado para siempre. Sigue muy enfadado con Irene, pero sé que al final la perdonará. Al final le ha contado la verdad. Quizá esto les permita empezar de nuevo cuando se vayan a vivir al extranjero, ¿quién sabe? –le dio un beso en la cabeza.

–Eres demasiado blando, ¿lo sabías?

–Quizá sí, pero ha sido por ti, ¿no? Tienes razón.

155

Quizá le deba algo a Irene después de todo. Por cierto, Bruce y yo hemos pergeñado un plan para salvar Palmer Enterprises después de caer en la trampa que les tendí. Como Irene y él van a estar fuera, trabajaré con Adam, mi hermano. ¡Dios! ¡Mi hermano! Todos estos años le he envidiado, incluso odiado por tener todo lo que yo no he tenido y ahora vamos a trabajar juntos.

–Adam es un gran tipo. Se parece mucho a ti, la verdad –sonrió–. Trabajaréis bien juntos... la mayor parte del tiempo.

–Sí, estábamos destinados a darnos de cabezazos ahora y siempre, pero los dos vamos a trabajar con el mismo propósito, para variar –acarició una mejilla de Callie–. Ha sido bueno hablar con Bruce. Puede que nunca lleguemos a estar tan unidos como podríamos haberlo estado, pero siento como si la última pieza que faltara en mi vida encajara en su sitio, y te lo debo a ti.

–¿A mí? ¿Por qué?

–He estado a punto de hundir a mi padre y tú me detuviste. Cuestionaste si estaba haciendo lo correcto. Jamás podré pagarte eso, Callie.

–No tienes que pagarme, sólo amarme.

–Siempre te amaré. Gracias. Por todo.

Callie supo que esa Navidad la recordaría siempre.

Era el comienzo del resto de sus vidas.

Deseo™

Negocios… y amor

SARA ORWIG

Jeff Brand necesitaba casarse de inmediato. Y su nueva ayudante le serviría. Al fin y al cabo, la atracción entre Holly Lombard y él estaba empezando a resultar imposible de resistir. Además, a ambos les convenía un matrimonio sin ataduras.

Sin embargo, tan pronto como le puso el anillo en el dedo, Jeff se dio cuenta de que se había metido en un lío. Sabía montar un potro salvaje, dirigir un negocio multimillonario y conquistar a cualquier mujer que se propusiera, pero… ¿mantener sus sentimientos fuera de aquella unión? Con una esposa como Holly, Jeff se enfrentaba al desafío más difícil de su vida.

¿Boda a la fuerza?

¡YA EN TU PUNTO DE VENTA!

Acepte 2 de nuestras mejores novelas de amor GRATIS

¡Y reciba un regalo sorpresa!

Oferta especial de tiempo limitado

Rellene el cupón y envíelo a

Harlequin Reader Service®
3010 Walden Ave.
P.O. Box 1867
Buffalo, N.Y. 14240-1867

¡Sí! Por favor, envíenme 2 novelas de amor de Harlequin (1 Bianca® y 1 Deseo®) gratis, más el regalo sorpresa. Luego remítanme 4 novelas nuevas todos los meses, las cuales recibiré mucho antes de que aparezcan en librerías, y factúrenme al bajo precio de $3,24 cada una, más $0,25 por envío e impuesto de ventas, si corresponde*. Este es el precio total, y es un ahorro de casi el 20% sobre el precio de portada. !Una oferta excelente! Entiendo que el hecho de aceptar estos libros y el regalo no me obliga en forma alguna a la compra de libros adicionales. Y también que puedo devolver cualquier envío y cancelar en cualquier momento. Aún si decido no comprar ningún otro libro de Harlequin, los 2 libros gratis y el regalo sorpresa son míos para siempre.

416 LBN DU7N

Nombre y apellido	(Por favor, letra de molde)

Dirección	Apartamento No.

Ciudad	Estado	Zona postal

Esta oferta se limita a un pedido por hogar y no está disponible para los subscriptores actuales de Deseo® y Bianca®.
*Los términos y precios quedan sujetos a cambios sin aviso previo.
Impuestos de ventas aplican en N.Y.

SPN-03   ©2003 Harlequin Enterprises Limited

El magnate griego quiere casarse...

Dos años atrás, Andreas Stillanos tuvo una aventura con la inocente Carrie Stevenson. A pesar de que jamás consumaron esa relación, él no consiguió olvidarla jamás...

Inesperadamente, Carrie se volvió a encontrar con Andreas, dado que era la madrina de la sobrina huérfana de él. La química entre ambos seguía siendo tan fuerte como cuando se conocieron, pero, en esa ocasión, Andreas estaba decidido a no consentir que Carrie regresara a Gran Bretaña. Estaba a punto de ofrecerle un puesto que ella no podría rechazar: el de esposa suya.

Pasiones mediterráneas

Kathryn Ross

¡YA EN TU PUNTO DE VENTA!

Deseo™

La última noche

CHARLENE SANDS

La palabra "fracaso" no aparecía en el diccionario de Kevin Novak, miembro del Club de Ganaderos de Texas. Nadie abandonaba al gran magnate texano… ¡y menos su esposa! Por eso, cuando Cara decidió irse, cansada de que él siempre antepusiera el trabajo a su relación, Kevin tramó su venganza.

Cuatro años después, ella regresó con la intención de poner fin a su matrimonio. Pero Cara no tenía ni idea de que Kevin había ideado un plan para hacerle pagar por haberlo dejado. Sólo firmaría el divorcio si ella aceptaba pasar con él una semana. ¡Una semana en la que todo valía y cualquier cosa era posible!

Tras esa semana, se plegaría a sus deseos

¡YA EN TU PUNTO DE VENTA!